从南方到北方

陈寿才 著

吉林人民出版社

图书在版编目（CIP）数据

从南方到北方 / 陈寿才著. – – 长春：吉林人民出
版社，2023.4

ISBN 978 – 7 – 206 – 19892 – 2

Ⅰ. ①从… Ⅱ. ①陈… Ⅲ. ①诗集 – 中国 – 当代
Ⅳ. ①I227

中国国家版本馆 CIP 数据核字（2023）第 068602 号

从南方到北方

CONG NANFANG DAO BEIFANG

著　　者：陈寿才
责任编辑：李沫薇　　　　　　　封面设计：墨知缘
出版发行：吉林人民出版社（长春市人民大街7548号　邮政编码：130022）
印　　刷：北京荣泰印刷有限公司
开　　本：710mm×1000mm　　1/16
印　　张：20　　　　　　　　　字　　数：300 千字
标准书号：ISBN 978 – 7 – 206 – 19892 – 2
版　　次：2023 年 4 月第 1 版　　印　　次：2023 年 4 月第 1 次印刷
定　　价：80.00 元

◇ 序言

迢迢南北行　悠悠赤子情

——《从南方到北方》序

关仁山　杨立元

一

近几年来，寿才的诗作如井喷式地喷发，屡见报刊，现在又见到他《从南方到北方》的诗稿，甚是喜悦。《从南方到北方》既是他的创作历程，也是他的心路历程和生命历程，如诗人田地在《南方北方》的诗中所说："阅过莺飞草长的江南再读北国的风光""我以南方的荔枝思念北方的高粱/我以南方的热烈思念北方的苍凉"。正是这南北生活的跨度，使得他的诗歌有了南方的火热、北方的苍凉多向度的审美风范，给人以多样的审美感受。

寿才是四川宜宾人，1984年11月入伍，1994年转业到河北遵化市。他现为中国作家协会会员，中国诗歌学会会员，中国小说学会会员，中华诗词学会会员，唐山市文艺评论家协会理事，遵化市作家协会副主席，《畿东文化与艺术》主编。寿才挚爱文学，尤喜诗歌创作，在《人民日报》《解放军报》《诗刊》《诗选刊》《诗潮》《中华辞赋》《鸭绿江》《参花》《青年作家》《青年文学家》《时代文学》《青海湖》《散文百家》《速读》《江河文学》《中华传奇》《黄河文学》《微型小说月报》《花溪》《名汇》等报刊发表以诗歌为主的文学作品近百万字，并屡屡获奖，作品深受业内盛赞。他的多篇作品被收入《2021年中国年度优秀诗歌选》《中国当代文

学艺术家代表作全集》《中国青年诗选》等文学合集，令人赞羡。自 2014
年以来，他分别在线装书局、团结出版社、百花文艺出版社、白山出版社
等出版短篇小说、古诗词、现代诗集七部，主编《清荷》《山花烂漫》《绿
草茵茵》等文学合集三部。他不仅自己积极创作，还创办、主编了大型文
学季刊《畿东文化与艺术》（纸刊），相继刊发了贺敬之、王蒙、吉狄马
加、叶延滨、谢冕、关仁山、李少君、石厉、峭岩、岳洪治、杨立元、霍
俊明、彭敏、孤城、符力、绿岛等名家及全国近 20 个省（直辖市）2000
余人的上万篇（首）作品，推荐 40 多名文学爱好者的上百篇（首）作品
上国家、省级文学期刊。他还组织、承办了由河北省黄金行业协会及唐山
市文联、作协、美协、书协主办的首届"新时代·魅力中华"文学书画大
赛，收到世界各地 3000 多件作品，评选出 73 件获奖作品，为繁荣发展唐
山文学做出了突出的贡献。

　　"问渠那得清如许，为有源头活水来。"他的创作能够取得如此的成
绩，是因为他丰富的生活经历。他做过部队士兵、干部；企业高管、局办
秘书；自办企业经过商。这些是他人生旅程的一大财富，也是他文学创作
的源泉。

<h2 style="text-align:center">二</h2>

　　在这部诗集中，写爱的诗占了很大部分，成为寿才诗歌所表现的重要
内容。爱虽然是诗歌的一个永恒的主题，但只有诗人对爱有深刻的生命体
验、深度的哲学思索才能够写出有诗意、有美感、有温度、有深情的诗歌
来。可以这样讲，寿才诗歌的源泉是爱，亲人、人民和祖国给予他的爱，
他的诗歌表现的也是爱，对亲人、人民和祖国的爱。这种大爱之心不仅成
为他创作的动机和动力，他也把诗作为自己毕生至爱。如著名军旅诗人李
瑛所说："我爱诗，我把我全部生命都交给它。""我深深地感谢诗，它营
养了我的思想感情，滋润了我的心灵，虽然它带给我的苦难远远超过了带
给我的快乐，但是我仍要说，有诗相伴是幸福的。"寿才又何尝不是如此。
著名诗人、诗评家绿岛说："爱，是一个善良的、纯粹的；一个有责任、

有担当、有情怀的个体的生命对于世界、社会、自由和情感世界最基本的态度，而这种态度和观念已经决定了他（她）的审美取向和生命的价值，同时也代表了一个社会、一个群体乃至于生命个体存在的文明程度。所以说，爱具有普世价值的普遍意义，是人性美好与善良品质的最根本的体现，也是人类诗学与美学的源泉和为之不断探究、挖掘的对象。"这可谓至理名言。寿才的诗歌就是"人性美好与善良品质的最根本的体现"，因而也可以成为我们"为之不断探究、挖掘的对象"。

　　寿才创作了许多表现爱的诗歌。如诗集《爱，永不搁浅》《写给你的情诗》等。在《写给你的情诗》中，"驻足回首，眺望那一条情感的河流，他泪流满面，激情跌宕；又低首叹息，悲喜交集。诗人是把旧时光拉回来，重新审视判读；又似把库存多年的爱情的雨花石，重新摆在桌案上品评把玩。这是一次情感的大清洗，是一次爱情的再出发"。此诗写得婉约细腻，情意缠绵，可谓情爱之诗。诗中的"你"是诗人久存心底、挂念在怀的恋人。寿才说，情诗，只写给一个人，这个人只能是恋人。因为爱情终会被世俗的烟火气所消磨，而情人之爱也不会这么纯洁无瑕和始终不渝。只有恋情才会这么长久，就像陈年的老酒一样，虽窖藏在心底，一经发溢，愈加醇香诱人。我们不会想到一个当过兵的人，竟有这样的悠长的深情，不绝的恋意。

　　在表现爱的诗中，他写得最好的还是写给母亲《跪您六十六步台阶》的长诗。在这首长诗中，诗人无隐地袒露了赤子的心怀，深切地表达了对母亲的深情厚谊，写的真挚、真情、真诚，既展现了诗人爱的深度，也展现了诗歌的深度。他用挚爱、用忠诚，抒发了诗人对生身母亲的大爱深情，充满了对母亲无限感激和无比感恩之情，令我们无比感动和感慨。他既是母爱的接受者，也是母爱的传播者。他把母亲给予的爱投放于社会，做了许多公益事业，还用诗歌表达爱、传播爱，他把对母亲的爱用行为报恩，用创作感恩，并用诗语变为爱的载体，使爱永不搁浅。诗人对祖国、对人民的爱源于母亲，正是因为母亲给了他最真挚、最圣洁的爱，才使得他从小就有一颗爱心，并用此观看世界，度量人世。母亲在他的眼里是神圣的，是他人生的榜样。因为他从母亲那里得到了伟大的母爱，他把从母亲那里得到的爱化为一首近 2000 行的长诗，来表达和回馈他对母亲的爱。他在开篇中这样抒怀："母亲，我要写一首诗。不——/我要写一本厚厚的长诗，长长的//我要让灵魂倾诉人世间的爱之故事"，并要跪六十六步台阶用这厚厚的长诗来祭奠母亲。这鲜明地表现了他歌颂母亲大爱的创作动机以及他的一颗赤子心怀。他在童少年时期从母亲那里得到的无限的爱，给他审美心理结构乃至创作打下良好的创作基础。这种母爱"深固地刻画在他的人格及气质上，而影响他的一生"。在他以后的创作中，这种心理定式长久地影响他的创作心态和创作生命，所以他这样写道："在岁月的长河里/母亲啊/您是我心中的一首歌//自打我来到这个，人的世界/第一眼看到的是您/伟大的您凝结了我的血肉/伟大的您塑造了我的灵魂/伟大的您用一生心血抚育儿女成人/伟大的您用一世情缘书写爱的诗章"。是伟大的母亲"给予我灿烂/您是我永远的挚友/您是我生命的动力"。可见伟大的母爱是他"生命的动力"和创作的动源，没有母亲便没有诗人这灿烂的诗章。伟大的母爱"是对幸福摇篮期盼的歌，是刻在心中的墓志铭"。从这里可以看出，诗人这种对母爱的深刻生命体验不仅是诗人审美心理结构的重要构成，也是他创作的内在因素，一直左右着他的创作目的，那就是"让爱永不搁浅"。诗人是用历时性的写作方法写了母亲坎坷多艰和奋力拼争的一生。他先是从母亲悲苦的童年写起。在母亲五岁的时候"父母，相继去世/只剩下一个生活不能自理的傻哥哥和七岁的姐姐""姐儿俩赤着脚走东家串西家乞讨/苦过卖火柴的小女孩"。后来，傻哥哥"在父母去世没几年也走了/只有姐妹孤灯伴月"。但姐儿俩并没有屈服于命运的摆布，而是积极抗争、努力拼搏，以生命的坚韧和顽强来面对苦难："在山里，裸露的山脊让您和姐姐挺直了腰杆/就像一株永不屈服的山竹/即便经历着冬的严寒，也始终保留着翠绿与清香"。母亲童年时期虽经历了饥饿、贫寒的折磨，在痛心切肤的磨炼中，母亲的意志愈加坚韧和坚强，灵魂也得到了澄清和升华，就像一株永不屈服的山竹/即便经历着冬的严寒/也始终保留着翠绿与清香"。谁知，母亲婚后也是命运多舛，因为她连续生了两个女儿，结果"公婆一声令下/让父亲休妻"。最后，父母无奈，只得"带着两个娃被赶出了家门//在山上/一个放柴草的棚子是新的家/看着婆婆偷着给的两斗稻子/听着呼呼的山风声/摸到蜷缩在屋角的两个女儿的头/您——/泣不成声"。后来，一场山火又"烧焦了茅草房"。母亲在以后的四年里"又生下了两个女儿"，直到儿子降生，母亲"终于可以在陈家抬起头做人了""一大家人才真正有了欢声笑语"。看到此处，我们潸然泪下，慨叹不已，这是一个多么悲苦凄惨又是多么坚韧刚强的母亲啊！虽然有了儿子，母亲的命运并没有多大改变。她为了"一家七口/七张嘴吃饭"而不得不"精打细算"，"每日做饭""把下锅的粮食取出一点来/藏在别的坛罐里"，但父亲"说您把粮食偷偷地送给了娘家人/甚至让孩子们监督您/您出门也派人跟踪//直到后来/日子到了青黄不接的六月份/家人们才发现了端倪//母亲啊/您是一个伟大的女人"。看到这里，我们感慨万端，这是一个多么忍辱负重，又是多么默默奉献的母亲啊！接下来，诗人写了母亲对自己无比辛勤的哺育和无微不至的关怀。母亲生育了7个儿女，把自己所有的一切都给了孩子，对诗人投入最多。所以，在这首长诗中处处渗透了大爱慈母情以及诗人对母亲的感恩之情。在诗中的这种"伟大而神圣"的母爱有时是热烈的，但更多是润物细无声式的。如"母亲每日晨起为我做饭时灶膛里燃烧的希望/那滚滚热浪，是您给我求学路上的动力/春、夏、秋、冬，母亲用辛勤的汗水/把我浇灌""一直把我宠在温情的怀抱""让我释放青春/放飞梦想"。诗人入伍后，母亲牵肠挂肚，昼夜思念，甚至"彻夜难眠/思儿想儿爱儿啊/是一个母亲的无尽的恋"。当村民"把儿的立功喜报递给您/您，泪如雨"。诗人对母亲又何尝不是如此挂牵。尽管他参军离开家乡，但一直对母亲魂牵梦绕，时刻得到的母亲的亲切温暖的爱抚："母亲，您是我最深的惦念。"新春的"雪花""是母亲捎给我的厚礼"，充满母亲的"慈爱和温良"。诗人"屹立哨所/望远山有一灯与天上星相互辉映/那是母亲思儿的悸动化作流光/将几许晶莹飞入我的眼眉"。在哨所，诗人展开丰富的想象，把"母亲思儿的悸动化作流光/将几许晶莹飞入我的眼眉"，与儿子对母亲的思念交融相汇。读到此处，让我们不禁想起了《十五的月亮》中的歌词"十五的月亮，照在家乡照在边关，宁静的夜晚，你也思念我也思念"，两者何其相似啊！尽管后来母亲离世，但母亲给予他的大爱深情一直在温暖着他的心，温润着他的灵魂，"在蓝天和大地的环绕中/您——/一直把我宠在温情的怀抱"。这种母爱成为他在人生路上行进的不懈动力和创作的不尽源泉，是"母亲的朴实无华/使我懂得了脚踏实地/无论遇到挫折，还是/一路平坦/我都不会失去方向//母亲，您的言传身教/使我把握好，人生的信仰/沿着光明的轨道行驶/从而，在大地的呼吸里/我让灵魂传递着存在的温度"。可见，母亲不仅给了他健壮的身躯，也给予了他健康的思想，纯洁的灵魂，使他能够在人生的路上不徘徊、不犹豫、不懈怠、不错位，"沿着光明的轨道/行驶"。可见，母亲是他人生的榜样、行进的坐标、崇拜的偶像。没有母亲便没有他的一切。为了表现对母亲的大爱深情，诗人用了六十六节来表现。这是因为诗人是 1966 年出生的。在诗人没有出生之前，母亲的生命之歌是悲戚的，直到 1966 年诗人出生后母亲才迎来了春天。诗人这样写道："时至一九六六/天空才出现了彩云/我——您的儿子降生了……""六十六"是母亲幸运的数字，"六十六"是儿子幸运的数字。这"六十六"的数字充分表现了母子血脉相连，生命契合无间。《跪您六十六步台阶》"是一部深情孝子史"。诗人用细腻而率真、清新而朴实、飘逸而厚重、灵动而沉实的抒情笔法讴歌母爱，塑造了平凡而伟大、质朴而圣洁的母亲形象，无隐地袒露了赤子的心怀，深切地表达了对母亲的深情厚谊，诗人通过多样创作手法既展现了诗人爱的深度，也展现了诗歌的深度。母亲的坚韧、善良、淳朴、恩爱、奉献、伟大……在诗中都得到了完美表现，使得母亲的形象得以高度呈现。可以说，母亲是诗人的偶像，也是他心中最伟大的形象，他是在用诗歌给母亲写史做传，把对母亲的思念留在心里、写进诗里，同时也写给了我们，令我们感动、感慨、感恩。这也使得我们深深地感谢他，因为他在诗坛上为我们又矗立一个平凡而又伟大的母亲的形象。

诗人在《爱，永不搁浅》中的《眼眸》一诗中塑造了一个吃苦耐劳，为儿女无私奉献的父亲形象，表达了诗人对父亲的无限思念："老了的父亲，不善言语/于是，我与父亲的交流都在眼里//还记得，父亲健谈/我趴在他的背上/蹚过太阳和风雨，在黄色的土地上讨生活/我问父亲累吗？他说有你们在/累点，也是幸福的/日子，乐着。与父亲说着，笑着//到后来，我长大了，父亲老了/承载岁月的脊梁，已不再那么挺直了/少言，寡语。父亲与我交谈少了／我每次出门，父亲只是站在院坝的一角／用默默的眼神与思念，偷偷地／打包到我的行囊／／父亲走了／如今，我也老了。与父亲的对话／只是在我的眼眸里，鲜活。"这些诗语表现了诗人从小到大与父亲的亲密无间的相处。一个慈祥和善、少言寡语、为儿女默默奉献的农民父亲的形象跃然纸上，读之，令人动容。

　　寿才的诗还表现了对伟大祖国的爱。他满怀着一颗赤子之心、歌唱伟大的祖国。如《长城组歌》《黄河组章》都尽情地表现了他对祖国的大爱深情。在《黄河组章》中他这样写道："夜宿黄河口／望坝头的港湾，月／如同，和我／一起躺在我们伟大的祖国／母亲，您的怀抱／／母亲，博大的胸怀／还有伟大的慈母之爱／还有浪涛天的雄伟／如一巨人／筑起我们民族千百年来的豪情"。黄河是中华民族的象征，夜宿黄河口，他对黄河顶礼膜拜，站在滔滔的黄河岸边，他看到了黄河"滔天的雄伟"；看到了黄河"博大的胸怀"。黄河是中华民族的母亲河，她集合容纳了中华民族的精粹和美质，她象征着中华民族的伟大精神和气概。正是这种感染和启迪，才使他感受到了黄河"伟大的慈母之爱"，使他以赤子的心怀阅读着黄河、解析着黄河，写出了这首大气磅礴、意境深邃、志向高远的抒情诗，尽情地抒发自己的心志："夜宿黄河口／看那黄河水一路狂涛／气势恢宏的壮阔／／黄河水啊 喂养中华儿女的坚韧，和风骨／／夜宿黄河口／和，风一起依偎在——／伟大母亲的臂弯里／／美，不只是您那些粗犷，和雄浑／您——将绿树、蓝天、白云统统纳入宽广的怀抱／让那黄澄澄、金光闪闪的古铜色／也——／形成一道独特的风景／／夜宿黄河口／更多的时候，我感到／您——／如一首最美的情诗／您把您的爱／您把您的情／您把您的所有，都贡献给了您的儿女们"。他用大爱之情解读着黄河博大、宽广的怀抱；用赤子之心诠释着黄河粗犷、雄浑的气魄，并把自己对黄河大爱之情融入其中："我亲切地感受到高山与大海是您的姐妹／日月星辰是您的兄弟／您——／从盘古开天的斧声中诞生／一路奔腾浩瀚带领我们向前进……／您——／豪情壮志，铸就了一往无前和前赴后继／您——／统揽大地山川，书写着无数的不朽和奇迹。"诗人运用连贯递进的排比，酣畅淋漓、激情澎湃地写出了黄河不畏艰难险阻、一路奔腾浩瀚带领我们向前进的豪迈气概。可以说，《黄河组章》是一首气势雄浑、豪放壮阔的诗章。它以动人心魄的情感魄力、飞扬灵动的文采、蒙太奇般的画面辑接，营造了波澜壮阔、气势恢宏的大河奔流的图景，显现出了雄浑博大的审美风格。

寿才的诗还表达了深深的乡愁，对故乡的爱。他的一些诗歌浸满乡愁，是"记得住乡愁"的真情之作，读之，一股浓郁的乡愁扑面而来，令人怦然心动。如《故乡的月亮》："很欣慰。离开了几十年/你的赤诚之心还是没变。一直守护着他的家园//已老了的祖屋。斑驳的那些故事/暗自成殇。你已不知还有谁去续写/院里那棵古槐树的影子/透过光秃的枝丫，让你在光阴里缄默//家门前的春归路，杂草纵横成一道厚重围墙/太阳的轮廓，只能在某个转角遇见/直到在这个冬天里呼唤出一对翅膀/让春天的故事得以续写/他坐在了月亮之上/终究可以去飞翔。看见了花色，看见了春光"。诗人离开故乡几十年，但"赤诚之心还是没变。一直守护着他的家园"。祖屋、围墙、槐树，还有那些令人难以忘怀的都烙印般地铭记在心头，令他心驰神往。但他无法回乡，只能幻想"呼唤出一对翅膀""坐在了月亮之上""去飞翔"，看故乡花色和春光。诗人以精神回乡的方式重温故乡，以慰藉心灵，表达对故乡的无限留恋和深切缅怀。除此，还有《土地》《一盏灯》《一条河》等，都流溢出深深的乡愁和对故土家园的大爱深情。

著名诗人绿岛这样评价他的诗歌："用爱来拯救生命、拯救信仰，是诗人寿才对于诗歌所能做到的最大限度的忠诚和依托。"他指出了诗人创作之源是"爱"。可见，诗人是为爱而创作，为爱而表现。他的诗歌就是爱的诗篇。

三

著名军旅诗人峭岩这样说："寿才是一位现实主义加浪漫的诗人。他的诗遵从自己的内心，遵循真实的法则，从体式到语言，不造作，不扭捏，不娇媚，不晦涩。畅快淋漓，一吐方快，是他的风格。恰恰这种风格成就了他的诗歌精神，完成了他的灵魂救赎。"因此，他的诗表现出了多样的审美向度。

第一，叙事和抒情紧密融合。在诗人的诗中能够把叙事与抒情紧密融合，做到无忧间隙。如《我的生身母亲》这首长诗从原则上说应该是一首叙事诗，抑或是说母亲的生命史、奋斗史。诗人从母亲出生写起一直写到母亲逝世，从中我们可以看到母亲的整个生命历程。对于母亲的一生有许多处是用细节来表现的，并能于细微处见精神，日常中显神韵。如写母亲的坚韧意志：母亲"病倒在床""不知什么时候／一束阳光／从土墙的裂缝中照进来／您——／您慢慢睁开眼睛／看到床头一碗热气腾腾的米粥／还有一双，那恋爱时出现的眼睛／您——／抬起头，坚定地暗语：一定要生一个儿子"。还有母亲对儿子的思念：您"常常倚门远眺／挣扎，思念／又怕被人看出端倪／遮掩，痴痴地／一颗鲜活的心跳／使您，彻夜难眠／思儿想儿爱儿啊／是一个母亲无尽的恋"。这些细节无一不表现出母亲的人格和情怀。但在这首长诗中又能把叙事与抒情紧密地契合，做到水乳交融，密不可分。如诗人写对母亲的无限思念和挚爱情怀："在这春天里。午夜——／我仰望天上的星月／看见了您凝眸里的深情，与关爱／托起一缕微风／我要放飞灵魂／沿着挺起的山脊梁／给您再传递人间的诗情和爱的远方。"这把诗人对母亲的无限思念和大爱深情表现得淋漓尽致，感人至深。如《只因成了主角》中"如火如荼的日子／沸腾了／鸡的鸣叫也比原来动听／山村里缕缕炊烟如一袭轻柔的白纱／挽着希望的梦，／袅袅升腾／开满三月的油菜花／俊俏，黄嫩／鸡蛋，鸭蛋，山珍，海产品……成熟的主播／不再低头，不再羞涩，昂首地／接受荧屏里你的检阅，和／深情的拥抱／／幸福的笑声／走出了弯弯的山村小路／激动的光闪烁，着彩／真实而动人"。此诗因为情的浸染，使得山村叙事更加美丽动人、如诗如画，处处是"激动的光闪烁，着彩／真实而动人"。再如："你，梨花的白／积蓄了一冬的雪白／与月的光华／独占了春的翘头／动了我的相思"（《梨花的白》）。"后来之后／我把自己打包／投进了你家胡同口的邮箱里／却忘了／给你开启的钥匙"（《一座桥，一把伞，注定相思一生》）"我恨雪／而是恨你／恨你对雪的浪漫／恨你对雪的纯情／恨你对雪的热烈／恨你对雪的暧昧／已超出了自然界的想象／……我与你的对峙"（《雪，不要太美可不可以》）中，都流溢出诗人的至爱深情，并把叙事与抒情结合得相得益彰、水乳交融，读之悦人耳目、沁人心脾。

第二，写实与浪漫巧妙结合。诗歌是想象的艺术，也是理想的艺术。诗人把现实主义的写实与浪漫主义的想象融为一体、契合无间。诗人把写实与浪漫巧妙结合，想象写意与细节的互为衬托，给人以情的感动、理的启迪、美的愉悦，表现出了至纯至情至善的美。如《我的生身母亲》整首长诗语言清新流畅，情感丰沛真切，想象丰富夸张，在诗中都得到了精彩完美的表现和发挥。如在诗的最后，诗人写道："母亲，您在天上过得好吗//涔涔春雨，几许/泪中泪/个中情怀，感动/几个天//那一夜梅花落，便与母亲阴阳两隔//几度，轻叩宅门/曾贪，只因曾念/抚一竹箫/欲引来慈母面，皆是幻//清泉旁，眸光流盼//烟飞云淡，许我十里梅花/借风，吹上您/的/天。"此处，诗人写得如泣如诉、似梦似幻。他曾幻想"抚一竹箫/欲引来慈母面"，又企盼用"十里梅花/借风，吹上您/的/天"，这丰富的想象、梦幻，急切而又极度表达了思母之情、爱母之意、感母之恩，一颗孝子之心跳荡其间，感人肺腑、动人心魄。母亲坚韧、善良、淳朴、恩爱、奉献、伟大……在诗中都得到了完美表现，使得母亲的形象得以高度呈现。再如《今夜，我不想你》："不听音乐/不看书/也不想你"这是写实，而"月光，远远地瞅着/陌生，窗外，不远处的河畔/冰，冻裂了""两天前/夜里下雪了/雪，落在你的睫毛上/我轻轻地取下来/揣进怀里"，显然这是一种浪漫的写法，诗人用了拟人的手法，借景抒情，用雪表达对恋人的想念。

第三，直白与含蓄完美契合。寿才有的诗写得非常直白，袒露心迹，让人一目了然，但感人至深。如《写给你的情诗》："我说过我每天都是想早起床的/我还说过我想起得比叫早的鸟儿还早/为了做到这一点，我昨晚根本没有睡觉//前半宿，我一直想着起早的事儿/后半宿我一直想着今儿个起早了要给你唱一首歌/我还想一定站在每天叫早的那只鸟儿的背上为你唱一首歌//天亮了，我真的起早了/天亮了，我真的站在了鸟儿的背上为你唱歌/只是，我还是在梦里"。这首诗近似白话诗了，明白如话，脱口而出，仿佛在与恋人对话、倾吐心语，但却含蓄地表现了对恋人的挚爱之情：正是因为想你才睡不着觉，所以"即使太阳早已钻进我的被窝/我仍然沉醉于你的梦里"。寿才有的诗虽直白却很含蓄，这正如苏文勋所说："《写给你的情诗》，我欣赏，是因为这部诗作写的痴情而又含蓄，《情诗，写给你》，你是谁？是专指，还是泛化，是虚拟，还是其他，我只读诗不研究，读者自己去猜想吧。"痴情而又含蓄，是对这部诗集文本的评价，是通过文体对诗人的评价。情诗写给谁，读者不用猜，只去诗中感受诗的纯净和爱的纯洁就足够了。什么是爱，诗人这样给出终极答案："爱，是一根琴弦/轻轻地抚在上面，心如一朵莲花/在静静的湖面，慢慢地绽放//爱，是一根琴弦/弦的一头是我，弦的一头是你"。这个"你"是情人、是恋人，还是爱人，诗人含蓄而不挑明，充满无限风情而又不告诉答案，正是在这种似是非是之中让我们得到诗的含蓄朦胧之美。不仅是情诗，就是写景叙事诗有的也做到了两者完美契合。

第四，感性与理性的深度融合。寿才的诗很注重理性的深度，但他把理性藏匿于感性的表达中，让人感觉不到一丝艰深和晦涩，而感觉到一种趣味、一种引力，最后逐渐达及哲学的层面。所以他的诗是在有意味的形式中显现理性，使得感性丰盈、理性深邃。

我们说，诗人首先应该是一个哲学家，也是一个思想者，对生活有真知灼见，对人生有深刻体察。如歌德所讲："诗的意味来自现实社会。作为诗人，他可以从普通的东西中发掘出有意义的内容。现实提供了动机、表现点和中心，诗人则根据它们创造出优美的东西。"又如著名诗人韩作荣所说：诗人要能够"在凡俗的生活状态里捕捉诗性意义，于熟常的遮蔽中揭示、发现真理的蕴涵"，寿才无疑做到了这一点。如《垂钓》："抛出钩与鱼无关/写下一个计谋//其实人和鱼都不是主角/是饵设了一个局/它撒下了一张网，借浪漫的线/捻碎一江柔情//痴迷与钓鱼无关/脑神经的蠕动恰巧与鱼线的颤抖合拍//不要饵，不要钩，让姜太公感慨/垂钓花落花开//上钩与诗歌无关/期待的眸，充满憧憬/涟漪划过了赤裸裸的笔尖//尘世，阴晴圆缺/钓与被钓/是钓者垂钓鱼儿，还是鱼儿垂钓钓者/诗人只是一个旁观者。"旁观者的诗人借钓鱼讲明了一个道理：钓者和被钓者互钓："钓与被钓/是钓者垂钓鱼儿，还是鱼儿垂钓钓者"？那些引诱者，也被自己的引诱所引诱，钓鱼者也可以被鱼所钓。这样充满哲学思索的诘问，就是诗人对钓与被钓辩证关系的解答……正是如此，他的诗歌才有一种哲学的意味，具备诗意的内涵。这种丰富的哲理内蕴完全融汇在所描绘的感性形象中，有的哲理是用诘问的方式表述的，更能够引人深思、启人心扉。

峭岩先生曾这样评价寿才的诗："读陈寿才的诗，让我有了另一种心境。他的倾吐，他的缠绵；他的雀跃，他的爱抚……都是一次灵魂的复归，是对过往的回忆，又是梳理，更是向美的诉求与坚决……"说得真好！读罢《从南方到北方》的诗稿，我们也有这种审美感受。

祝寿才兄写出更多更好的精品力作，献给祖国和人民，献给他所爱的人！

2022 年 11 月

关仁山：中国作家协会主席团委员、河北省作家协会主席。

杨立元：中国作家协会会员、唐山师范学院文学院二级教授、唐山市作家协会副主席。

皮之不存，毛将焉附，何以安命？

——题记

目录

第二辑　写给你的情诗

第三辑　赤子情怀 1

第四辑　宽窄人生

爱，永不搁浅

AI，YONG BU GE QIAN

长诗：跪您六十六步台阶

001

母亲，我要写一首诗。不——
我要写一本厚厚的长诗，长长的

我要让灵魂，倾诉人世间的爱之故事

002

母亲，春来了
思念开始发芽了，这——
春蝉初鸣叫声婉转，而悠扬
一声长一声短，一声近一声远
似在唤醒冬眠人儿
说着春草开始萌芽的故事

在这冷冷的北方
冬雪覆盖下的钢筋水泥也开始吱吱作响
有了发芽的萌动
站在广场中央
我看到了春的日子
如江南，流淌在清澈的泉水里
山川，在花的海洋里憨笑
那翠绿的草坪
载着我的爱梦和幻想
展开在青春里飞扬
在这春天里。午夜——

我仰望天上星月
看见了您凝眸里的深情，与关爱
托起一缕微风
我要放飞灵魂
沿着挺起的山脊梁
给您再传递人间的情诗和爱的远方

我对母亲的怀念，无比
我拽醒酣睡蝶儿
在夜的纬度线上焊接尘世与天堂的共鸣

003

母亲啊！那年年末到
您就去看父亲了
记得那年冬天大地一片焦躁，不安
荒芜的景色，苍凉
天空，沉郁
悲伤——弥漫了大地
物体——失去了生机
邻居家平常爱说话的鹦鹉
紧锁眉头，沉默着

鹦鹉在这个冬天里瘦了不少
后来，我发现您的身子骨儿比鹦鹉还瘦时
终于读懂了——
这个冬天为什么会如此悲悯

母亲啊！我真的没想到您会走得那么急
您曾说过是想父亲了
您担心他一人在天国没有伴儿，您说
您十八岁与父亲结婚后一直没有分开过

您说父亲太狠心了，就如同日和月
为啥会无情地昼夜相隔
不能在一起
您说父亲已离开五年了
他一定想您

父亲是患肺癌去世的
您知道，他不想走
他舍不得春的绿色，他舍不得夏的桃红
他舍不得秋的丰盈，他舍不得冬的沉稳
他更舍不得您和我们这些儿女

您舍不得父亲离去，可是
您看到病痛吞噬着父亲的残躯
恰似寒冬风雪，抽打枯枝
又如万蚁噬骨，让人撕裂肺心……
您含泪送走父亲时对我说：他走了，心宽慰
您说他再也不用受罪了

五年后，您也患上了肺癌
坚强的您为了不让我们——儿女们
饱食您当初的痛
即使是与病魔战斗到最后一刻
也是笑脸面对

母亲啊！您走时，天地悲泣
那天一场浓密的雾遮蔽了天日
我记得，那天夜里
天上的月，已浑然老去
星光，夹杂着时隐时现的斑驳创痕
刺痛着夜色的殇
我，燃烧着隐忍的胸膛

我，咀嚼着痛
让，凋落的残片在血的河中缓缓流过……

004

在岁月的长河里
母亲啊！您是我心中的一首歌
自打我来到这个，人的世界
第一眼看到的是您，伟大的您凝结了我的血肉
伟大的您塑造了我的灵魂
伟大的您用一生心血抚育儿女成人
伟大的您用一世情缘书写爱的诗章

我是一棵小草
您便是那肥沃的土地，没有您
我不会绿意盎然
我是一粒种子
您便是那雨水和阳光，没有您
我怎能在土壤里发芽与生根
您是一棵大树
您那高大宽广的树冠
使我的四野、我的人生永不荒芜
春天，您给予我希望
夏天，您给予我力量
秋天，您给予我成熟
冬天，您给予我灿烂
您是我永远的挚友
您是我生命里的动力

母亲啊！我要给您鲜花
我要给您大海，我要给您阳光
我要给您黎明

母亲——
我对您深沉的怀念
不是激流，不是瀑布
而是花木丛林，春常在
风舞鸟鸣，歌不完
我对您的爱，是寸草绵绵
江水诉不尽，海天望无穷

诉不尽，怀思苦
唱不完，思母情
母亲啊！您是我心中的痛

005

在五岁的时候，母亲
您的天塌了，地陷了
父母，相继去世
只剩下一个生活不能自理的傻哥哥和七岁的姐姐

一个五岁，一个七岁
姐俩要撑起一个家啊
在那个时代，没有人同情
您姐俩，不仅是孤儿

还是不被人关爱、被社会遗弃的女孩
谁管您食不果腹，谁管您衣不遮体
在寒冷的大年夜
姐俩赤着脚板走东家串西家乞讨
苦过卖火柴的小女孩
她还可以让火柴轻轻地躺在围裙里
幻想把一根根火柴轻轻点燃对幸福的遐想
您却只有饥饿，只有寒冷

时常还有土匪光顾没有门栏的茅屋
您啊——
蜷缩在屋角看着他们一无所获时骂骂咧咧而去
心里倒是没有惊恐，是已习惯了
可是心坎里，很痛
眼泪，犹如猩红的血珠子颗颗砸落
啪嗒啪嗒——
那黑黢黢的噩梦在凌晨还在尽情狂欢

母亲啊！您那傻哥哥在父母去世后没几年也走了
只有姐妹孤灯伴月

多少个日夜
您透过屋顶看到空洞里，天空扭曲的星光
如张着血口的鬼影
还有啊——那多少个夜晚
号叫的夜猫子，邪笑着掐断节点的黎明

谁来救救姐姐
谁来救救妹妹
在大地间，淤泥漩涡的中心
寒风，撕咬着山川的痛
祈盼，谁能让寒冷里的您
凝成蓓蕾，开出艳丽的花朵在月下昂首走过
祈盼，谁能用温暖的手掌
抚慰着您受惊了的躯体
祈盼，谁把宽广的肩膀暂时借予您
让您做个安静的梦……

这是母亲年老时常给我轻轻地诉说
诉说，是轻轻的
诉说，在我这里却是一根扎喉的刺

它扎得很深，很深

006

母亲，您的童年是 1＋1＝2 的算数
拽把山草虽然无法丈量您日子的纵深
却能量出您行走在日子里的宽度
母亲，您的童年是躲在季节的深处
听梦诉说花与黑夜唱尽孤独
您不知道什么是迷茫
您没有过，过多的幻想
即使走在了春的十字路口也不知何处是归途
您也一直行直线
其实，您已在山的丛林不只是迷失了方向
还根本不明白，在山里还有出山的路

您长时间禁锢自己
很少说话了，就是相依为命的姐姐
您也很少与她交心
您压抑着，孤寂着
您已开始怀疑，自己失去了对生活倾诉的能力
长时间，您一直从一块山地的这头走到另一头
记得您走得最远的，就是从这个山头走到另一个山头
您不知道，山外是否有山
您只见过山里的那几户人

您从来不知道外面的世界其实很精彩
您不知道啊，那山里的玫瑰
那血红的颜色不是艳丽，如同滴血
在破旧的茅草屋顶，生长出几株喇叭花
您会兴奋地雀跃
在山里，裸露的山脊让您和姐姐挺直了腰杆

就像一株永不屈服的山竹
即便经历着冬的严寒，也始终保留着翠绿与清香

有种温暖，是山鸟扑翅的声音
所有的记忆
被黄昏的蝉鸣唤起
您摘下一片枯叶，雕刻着
落日的余晖里
在断桥下，牵手
穿过苍悲的秋水
让鹅卵石的钟声，捣碎枯草的痛
您跌倒在山野
营养的不足致使您终身，隐忍
疾病之殇

在苦难的长河，流离
岁月——
刀锋将深秋收割成碎片
时代的风雨，孕育一朵傲寒的鲜花

007

站在，高山之上
您终于迎来了第一个春天
是夜，一缕春风把您姐俩从梦中唤醒
春姑娘来了——
您不知道，春姑娘是怎么来的
早晨，看到如春姑娘一样美丽的姐姐
从山地东头捧一把嫩芽儿的馨香走来
您似乎看到艳丽的蝴蝶
在嫩绿的草尖儿上跳舞

姐姐，含羞地告诉您：又碰上了张媒婆

您急忙问姐姐：你答应了？那以后我们……

姐姐低头说：我是答应了！不过我提了一个条件

您低下了头。心里不是滋味

张媒婆给姐姐提亲，已来家三次了

姐姐没有答应，是因为放不下您这个妹妹

后来姐姐给您说

要男方答应她带着妹妹出嫁

在这个难以温饱的年岁多一个人吃饭

是天大的困难啊

您没有言语，姐姐也陷入了沉思

命运啊！何时才与美好和幸福相遇

008

在这个春天

幸福降到了您头上，这天

和风细雨，春花烂漫

田间清嗅，馨香四溢

姐姐一身新娘妆比院中牡丹花儿更美

那接亲队伍中，帅气的新郎

如神话中的白马王子

您还是一个小姑娘

梳着一对美丽的辫子

您刚满十五岁，长得天仙般漂亮

两只水汪汪的大眼睛

滴溜溜地瞅着迎送亲的人们

在迎送的队伍里，您是一道风景

赤着两只脚，裤管挽在膝盖上

手臂上，挂着一个大竹筐

在竹筐里，装满了许多东西——
绿的草，红的花，还有许许多多稀奇的山野种子

蹚过河水，在沙滩上慢慢地行进
您昂着头轻轻地把歌儿唱起
那声音像河里水流⋯⋯
看见您的样子，乐得高兴
听见您的歌声，欣欢无比

春日，就这么美丽，这么动人，这么优雅
像是一位绅士一样彬彬有礼
把您姐妹俩送进幸福里

009

站在姐家的檐下
母亲，您很兴奋
虽然，对这个家您很陌生
甚至知道只是一个短暂的居所
它不是您的家
可是，您找到了家的感觉

家，是什么
家是能遮风挡雨
有高堂孺子共伴
其乐融融，在温馨里演奏油盐酱醋交响曲
让锅碗瓢盆跳起民族舞
——这是到了这个家听到邻居一个秀才说的
在您心中，有老有少
有男有女，一家人和和睦睦就是家

曾经的孤寂

曾经的日夜担惊受怕不再有了
曾经日夜为衣食住行
为柴米油盐发愁的日子也结束了
来到这里，这有姐夫、姐夫的父母
他们为之操办了
您说，家就是您头顶上经常出现的那美丽的白云
有甜蜜的希望，有幸福的憧憬

您就像一只美丽的燕子
在春的天空自由飞翔
沉醉在幸福的日子里

010

一九四九年十月一日
这天，是您最幸福的日子
这天，是全国人民最幸福的日子

这天，蝶舞，燕飞……
您，心儿陶醉
那轻轻的风，那彩色的云
那温暖的阳光，那怡人的景色
连同您，与幸福一起放飞

您如一朵盛开的鲜花
青春的梦，是七彩缤纷

在多姿的日子里
您锁住幸福，把梦想和快乐尽情地挥洒
迎着阳光，追着幸福
一路欢歌，一路笑声，一路掌声
您耕耘着美好的日子

让自由和青春的光芒冉冉升起，熠熠生辉

011

春，又是一个春天
您迎来了美好的爱情

那是美丽的一天
那是一次美丽的邂逅
一个手艺人领着一个帅公子
让您的心河荡起了涟漪
在一棵桂花树下，您如花的娇嫩
醉在公子心坎里
敏感的神经，悸动
爱情的花洒，韵律徜徉
在两颗心向的河畔流溢着缤纷，多彩

在此之前
您只是在梦里有过模糊的幻象，却是
瞬间即逝
如今，幸福的笑靥如花
一层纱，遮蔽不住了
透过的，娇颜
只为了他，舒展半醉的含羞
让春的色彩，舞上一曲
时空，此时静止。一对蝶儿翩翩
飞向爱的河

012

母亲——
我为您高兴

二十年，您心中的压抑
在这个春天释放了

我想站在黎明的街头，呐喊
我要为您点赞
夜幕里，那些曾经落下的雨滴已被清洗
尘埃，已不在心房里
黎明，将您满满装载
一首爱的情歌，已轻轻地弹起

这是一个大户人家
亭台楼阁，雕龙画凤
小桥流水，鸟语花香……
比您想象中，有所不同，有黛玉初入贾府之感

您，没有文化
您，善良质朴
您懂得如何经营爱情
您不把爱情作赌局
不管月老设定了怎样的结局
您坚持孝敬父母做贤妻
您懂得温情，珍惜缘分
就像那熊熊燃烧的火鸟
用真诚，憨实，燃烧幸福的温柔
您让，春天的风景为您喝彩
您让，缠绵的月色为您写诗
您用诗的情绪，将彼此心相连
您用诗的情绪，为爱点亮前行的路

013

婚姻不是上帝拟的合同

合同里不会写着如何彼此相爱
如何去经营，如何走过完美的一生
爱情不是上帝做的巧克力糖一直甜蜜
您没有过深的道理，您不会纸上谈兵
您只知道结婚了，就要孝敬公婆，照顾夫君
生儿育女，续传香火

那些花前月下，卿卿我我
只是戏里的镜头
不是生活，也不是真正的浪漫
日子，是过出来的
唱在嘴里的，是海市蜃楼
要付诸每天的辛勤劳作之中
实实在在，才不虚度，才会开花结果

014

五月，火红
仿佛永远不会淡薄或褪色
五月，您拥有了爱情的结晶

阳光的歌唱
只为起伏在夏日的嫣红中
石榴树上那闪烁的爱
总是充满了激情
一个小生命的诞生是您最幸福的诗意人生
去追随云霞飘逸的行踪
为爱而欢呼雀跃
血液的多彩多姿，加速流动

五月，纵情吟咏
热烈的阳光，太温暖

……
然而，五月是曲折的绿林
伸向远方
乌云，正站在尽头望
渐进，您笑容僵持了
公婆，脸上如秋天布满阴霜
冷冷的。您——
生下的是个女孩，封建的残余：女儿是要嫁出去的
是外人的

又一个正月，冷冷的月色
气氛死沉
您像是一个戏子，薄透了的身躯
又被命运玩弄
公婆一声令下
让父亲休妻

015

父亲是爱您的
违背了父母的旨意
你们俩带着两个娃被赶出了家门

在山上
一个放柴草的棚子是新的家
看着婆婆偷着给的两斗稻子
听着呼呼的山风声
摸到蜷缩在屋角的两个女儿的头
您——
泣不成声

梦，一个梦

在深渊
梦啊！如火
如一团熊熊的烈火，燃烧
烧焦了茅草房
烧焦了山野
看到丈夫布满血丝的双眼
还有两个女儿惊恐的目光

您病倒了

016

火，火。最终慢慢熄灭
泪，泪。还在慢慢滑落

您慢慢地把门关上，关上

不知什么时候
一束阳光
从土墙的裂缝里照进来
您——
慢慢地睁开眼睛
看到床头一碗热气腾腾的米粥
还有一双，那恋爱时出现过的眼睛
您——
抬起头，坚定地暗语：一定要生一个儿子

017

一九五八年
开始，草根，树皮为主要食物
后来，只有黄泥煮水

母亲啊！您不仅要养活两个女儿
为了生儿子的承诺
您成了生孩子的机器

四年
您又生下了两个女儿

父亲——
为了养家，晨起五更，夜到子时
开荒，种地，到山外打零工
您——
一边做家务一边上山挖野菜割树皮
一边抚养孩子一边生孩子
可是啊！您生的还是女儿

父亲的脸色变了
没有了往日的欢声笑语
父亲的脾气坏了，时常甩盘砸碗
母亲——
您只能偷偷地抹泪

时至一九六六年
天空才出现了彩云
我——您的儿子降生了
直到此时
您，父亲，父亲的父母亲
还有四个女儿，一大家人才真正地有了欢笑声

018

感叹人生
是因为曾经有过许多故事难以忘记

有的渺小，平庸
有的可谓壮举，激动

人生，就是一次一次考验

有儿，有女，家和睦
母亲，很欣慰
然而，生活是杂色的
有时，无情
如行走在黑夜没有路灯
天，还有些冷

一家七口，七张嘴吃饭
如何在平常精打细算是关键
母亲，几经摸索
找到招子：每日做饭把即将下锅的粮食取出一点来
藏在别的坛罐里

误会，矛盾
坠入一家人怀疑的漩涡
父亲——
说您把粮食偷偷地送了娘家人
甚至让孩子们监督您
您出门也派人跟踪

直到后来
日子到了青黄不接的六月份
家人们才发现了端倪

母亲啊！
您是一个伟大的女人

019

站在寒风中
我想起那年那冬一个最冷的日子

冷冷的风
吹冷了山野
我趴在您如山的脊背
汗，浸透您整个身子
您——
心，急如焚
行进，弯弯曲曲的路
放眼，一望无边的田野
高一脚，低一脚，一路小跑
翅膀呢？您恨不得飞起来

是啊
父亲出外打零工去了
我高烧 38.5℃

后来，我病好了
您病了

020

路，人生的路
如光影的组合，虚实交辉

母亲的朴实无华
使我懂得了脚踏实地
无论遇到挫折，还是一路平坦

我都不会失去方向

母亲，您的言传身教
使我把握好，人生的信仰
沿着光明的轨道行驶
从而，在大地的呼吸里
我让灵魂传递着存在的温度

我还懂得了，不求圆满
只求不错失在对的入口

021

一缕阳光映照山峦
树隙间的光芒，抚摸着我的心房
行走在山野，我步履坚定
这阳光如母亲每日晨起为我做饭时灶膛里燃烧的希望
那滚滚热浪，是您给我求学路上的动力
春、夏、秋、冬，母亲用辛勤的汗水
把我浇灌，让我释放青春
放飞梦想

荆棘丛林，层层叠叠，交错
我不迷路
沟沟坎坎，摔倒了，爬起来
我不忧伤
掬一捧阳光如握紧母亲的大手
让我在知识的海洋里畅游
不偏离航向

022

夏花盛开，感谢阳光
然而最深厚的恩赐是母亲的爱，和抚育

家，是一辆人力车
父亲病了，姐姐们出嫁了，弟妹尚小

母亲用双肩扛着家的车轮，让家——
驶向温饱的驿站，驶向幸福的春天
母亲的肩膀并不是那么结实
沉重的日子压得您喘不过气来
当我想休学返家助您一臂之力时
从未打过我的您
这次却抬起了手

瘦小的手是那么有力
划过心尖。把爱的晨露，剪成两行雨落

023

秋风萧瑟，夜悠长
行在青春之路上我不放过年少轻狂
我不想折断自己追梦的翅膀
居家三年，心时有骚动
儿是母亲心尖上的肉，您早已有感应
——返校吧！走出山野
去吧！追求属于自己的理想去吧
我要追求，更高的峰值
瞒着母亲和父亲，我毅然决定：应征入伍当兵您说——
走吧！男子汉，就要有崇高的理想
好男儿，就应该志在四方

024

嫩芽，撕裂土地
侵占那太阳底下的惬意

母亲没有送我
踏上离别故乡的路，只有父亲
诗，青春，点燃了出山的路

宠惯了的我，没在意石榴的颜色
只在微风掀开的刹那，痛
映红了山峦深处的湖水
倒映中，一抹斜阳惊了您
和我泪的流光

025

风呼啸，暗藏着激流的漩涡
汽车，火车，人流……
陌生。高潮，低谷
平平仄仄，浮浮沉沉
跳动的音符，咬破手指思念逐渐清晰起来

不是吧！我怀疑自己
刚才把手伸向春天，轻挥
为何现在，心总是回首那身后串串脚印
尤其是母亲转身时那眼神
如一首没有写完的诗，文字儿

一直在跳跃，韵曲儿一直在吟唱
仿佛母亲心上
一针一线绣着"阿才"
——我
您儿子的乳名

026

红尘若梦

摇曳着孤独的月夜
咋的了？这里的月
似乎没有故乡的明
怎么？眼湿了

"斩断思念
只因，彼岸有你"
——这是临别时
一位朋友照着母亲的心思给我
留下的话语

027

铺开稿纸，我要写一首诗给您
——我的母亲

诗中，我不写对您的思念
字句，不写"我"和"您"
母亲，儿向您汇报——
儿，这里的生活：官兵爱，战友情
如春天般温暖
儿，这里的工作：学军政、文化知识

练体魄、军事技能
这劲头儿十足，热火朝天

儿，这里的山川溪水：虽然地处北国
却有江南的美景
气温零下却阳光明媚
时常下雪却感觉不到冰冷

这里——
是儿的理想乐园

028

夜，不眠
望着窗外星星眨着眼

父亲来信说儿离家第三天
母亲——您，就缠着父亲给儿写信
父亲说
您表面坚强，实际很脆弱

日
常常倚门远眺
挣扎，思念，又怕被人看出端倪
遮掩，痴痴地。一颗鲜活的心跳
使您彻夜难眠
思儿想儿爱儿啊
是一个母亲无尽的恋

雪？故乡很少
儿，冷吗
部队衣服够穿吗

饭菜合口味吗
此刻，在干什么
训练累吗
是在与战友畅享生命的价值
还是在憧憬着美好的未来
是在感受着血汗，泪水的洗礼
还是在接受着没有父母在身边依靠的
一场人生成长的考验

这是您思儿的念……

029

雪下了一个年
犹如我的相思飘舞在日子里

思念是一服中药
先在脑海里，温火不急不慢
熬啊，熬啊
从年三十晚，熬到了大年初三
其味，先微苦，后甘甜

雪是年的精灵
母亲，您是我最深的惦念
听——
雪的声音，是母亲，您的叮咛和嘱托
看——
雪的洁白，是母亲，您爱的伟大和神圣
抚摸——
雪的柔软，是母亲，您的慈爱和温良
雪啊——
新春的礼物，是母亲给我捎来的厚礼

捧在我手里，它好温暖

030

把思念的目光挂在窗台
轻轻地，不要吵醒儿时的梦

阳光洒在营房的青瓦上
似乎有一股烧焦的味道
夏日，来到了。母亲——
您在火红的田野耕耘七色阳光吗

还是正抓一把相思豆种在儿离家时的路上
是否，您还有那——
儿还娇小，儿身心还很稚嫩的怀疑目光

放心
儿挺拔的身躯一如石刻般分明
儿能读懂您此时有几个意思
儿很坚强
已不是昔日的毛头小子了
军营的熔炼，异乡的灼烤已让儿成钢
待到服满兵役儿将回家在您膝下为您遮风挡雨
坚实的臂膀下可以为您避暑乘凉

母亲，儿要承诺：一定为您献上军功章

031

风，南来北往
日子，雨雪风霜

邮递员穿林而过就是不停在母亲身旁
父亲来信说——
夜晚，母亲总在梦中叨念
问儿为何音信杳无
问儿为何忘了爹娘

母亲啊
不是儿不想爹娘
是儿报喜不报忧的倔强
儿时而拿起笔，又放下
儿时而放下笔，又拿起
不知从何而说，又不知该说些什么
春日，儿用希望播撒种子
夏日，儿用血汗浇灌激情
秋天，儿却只拾到几片枯黄的落叶
儿喊天喊地，天地不搭理我
儿拽下一片彩云，彩云却瞬间变得乌黑……

儿的路在哪里
儿在哪里
哪里有儿的路
哪里有儿
……

032

夜，很深
星在山峦闪烁

屹立哨所
望远山有一灯与天上星相互辉映
那是母亲思儿的悸动化作流光

将几许晶莹飞入我的眼眉

握紧枪柄，把满腔赤忱，和初心
压入枪膛
想起日前壮举，几多激动
几多祈盼，和不安

瞒着父母
除夕夜，血书申请调部随营——参战
激动——是理想将会实现
可以放飞青春的梦
绽放醉人馥郁馨香
不安——是战争残酷，忠孝难全
生养之恩，未报
不安——是军首长可否批准我的请求
前路
未明

一颗流星划过天际，许个愿吧
心愿
随心

033

把心拴在树干
听天说着他人的故事

雪漫过脖颈
我成了大山里一个孤魂
路啊——
在哪里
我摸着一庞然大物

找不到通过的边际
徘徊，行走
行走，徘徊
血可流，头可断，可我不能找不到自己啊
我的影子呢

一头老黄牛瞪着我，它要干什么
不！我看到了一束光在牛头的上方
光的深处，一房前坝上还有一双眼睛凝视着我的方向
啊！我明白了

母亲，我明白了

034

求知，在被窝里
暗藏
求知，在路灯下
踩着自己的影子
嚼着《辞海》，就着寒风咽下

我把春风化笔，让夏雨做墨
以秋色成文
我不再把苦闷和忧愁
融进生活
我要站在山顶把太阳摘下来
装进邮筒，给您
我的母亲

母亲，我骄傲地告诉您
我的文章
在报刊变成了铅字

035

一九八九年
深冬的一天，是一个不平凡的日子
晨，破窗的冷风
送来一阵锣鼓，和鞭炮声
一夜没合眼的母亲

您暗骂——
谁家这么显摆，这喜事闹得烦人
"陈松阳——
我们给你们报喜来了！"
锣鼓声中夹杂着一阵敲门声

母亲，您
开门一看是村长领着左邻右舍一群人
他们把儿的立功喜报递给您
您，泪如雨

"泪啊！是喜泪
泪啊！是悲泪
儿卫国戍边，父已病重月余
家徒四壁，无钱医治
一家人，只有痛
和即将流干的泪！"
这是——
一年后我探家时姐告诉我的

036

日子如行走的风

掠过树梢

洒落了，几多季节的喧嚣，和厚重

在青春的路上，岁月牵着手

纵使——

有千般不舍

翻过去的，也只是一片旧的景色

走不出的乡愁，把月亮

望成守候

总是——

梦着您的心事在一缕霞飞中，缩短了

距离

一个脚步声，穿透了我的尘埃

一个人，不想走进

荒唐的爱情

037

母亲——

其实，我懂您

在蓝天和大地的环绕中

您——

一直把我宠在温情的怀抱

山野的风

吹深了您额头上的皱纹

父亲，也不是当年那样

挺拔，伟岸

儿子长大了，是种子

就得发芽

是花木就得开花，结果

这是您——
最大的期望
和梦想

038

月光——
在乡思，乡情，乡愁的枝叶上
溢漏、滑下

慢行在故乡的土地上
魂牵梦绕
池塘，溪流，竹林深处
串串脚印，犹新
老屋坝前，栀子花香醉了夜的衣衫

风，吹来
醒了思绪，和镜头
"这次，定下来吧！"
"这次，不能由你了。"
……

对，我撒个谎吧
部队有任务，明天
撤了

039

母亲——
彩虹，一定要
坐在雨后的山峦，欣赏

爱，是缘
最美的风景，一定是洒泻在
我懂了的季节里

母亲——
琴声，悠扬
不是随手弹奏出来的弦音
静听松风，细如针叶
入心
掌声，待落幕了
耳中，仍然要回荡着爱的清音

母亲——
这样，可好

040

一场雨
湿了树梢的眼和眼的泪
行走在黑夜的我直到天亮了
还是没有走出自己设计的场

我想寻找初心
那是一个久违了的梦
许是还没淹没了所有的足迹
我不想轻松地
把日子交托给回忆

我将门窗打开
靠着一百二十几斤的身体
奔波于机关和基层的路上
笔，是我亲爱的

我
用行文，和爱的畅想来充实日子
我
把母亲半世沧桑转换成了
诗行

041

我工作，工作
其实，我一直在逃避

包括过去和现实
我懂母亲
只是不愿走过去，剖析心里的我
这——
曾经与母亲爱掏心窝的
这会儿
只会与母亲打哑谜了

我害怕
过去与现实碰撞
就像火星撞击了地球
怯懦，注定我
以及至今也易把自己封闭起来

我，很倔强

心里，那一句句此起彼伏
有声或无声的呐喊
在记忆中
不断被磨平
以至于面对夜空

我已不愿与月亮对视
一记勾拳
常常打在被窝里

042

两个我
开始打架了

不知是哪个我打败了
哪个我打赢了
最后我揭开了面纱发出一声狂吼
气喘吁吁地，宣布
我要结婚了

在父母还在梦里时
一封电报发出了，内容：
邀请二老参加我的婚礼

043

在城市的上空
潮湿的空气浑浊，不堪
几个醉酒的路人
搀扶着，疲惫了的
双眼

路灯下，车站
站台上的我心跳动得厉害
与父母三年没见了
尤其是父亲来电报说：母亲身体很差
不知能否一起启程

眼里，空洞而漠然
列车到站了
在纷乱吵声中，两双眼睛，打破了沉默
和冷静

044

母亲没有来
父亲很苍老
脊背，比三年前更加弯曲了
只有，眼睛显得更加有神

路上，快到营房时
天，下起了雨，还打起雷
如，我和父亲的对话一样
音，情感，故事——是各种愤怒和呐喊
这几年
家里发生了一系列的故事

心，痛
心，乱
雨，打击着山路上的泥泞

父亲
正式告诉我
家里事，都安排好了
我婚后
他们正式从老家搬过来
……

045

花甲之年，离开家乡
虽不是流浪
却把乡愁饲养在攥紧的拳头里
是何种不得已

五千里的云和月
不会是一种不经意
遍体鳞伤的内心，痛
歇斯底里
如何宣泄
艰难，生存，无依……

夜，渴盼
在无所不容的爱里
心，在不寒而栗

爱人的包容，理解
亮起了灯
年三十夜的饭啊！在泪里
笑了

046

母亲来了
以节日的名义，笑得灿烂

虽然，团圆了
其实一家人还是生活在三地
我——在部队，爱人——在单位

您和父亲租住乡下
却——
雀跃，如孩子

日子，不再静寂了
笑声，在父亲的酒杯里
笑声，在母亲——您的红唇里

您——
如玫瑰花儿一样，美丽
周末，天伦
在这爱的芳香里
醉

047

爱，是伟大的
生活的艰辛
不足以影响亲情，爱情

但是——
一家人，必须在一起
我决定租一个大房子，把父母和爱人搬到了一起

其乐融融，这才是
有家的样子

048

其实，租房住
在我的心里，是一个痛

母亲却说，家不是房子的问题
家，是早晨起来
一束温暖的阳光照进窗融化心上的冰雪寒霜
家，是涓涓春雨
洗涤门窗紧闭久了，那些污浊的空气
将残留，拂去
没有了，烦恼和忧伤
家，是一盏灯永远亮着等待您爱，和爱您的人

049

透过窗看着
夏日的雨
敲打在训练场的阶梯上

我——
没有勇气，直视场中那如雕塑一样屹立在雨中的士兵
——眼睛
火辣辣的
他们的，和我的

违了心
我走进了领导的办公室
一份转业报告呈上时
撕裂了
我心尖上的
肉

050

我回家了。心，很沉很沉
包括父母，和爱人

这期间，春的天气下起了雨，阴雨
我逃避了
一个人躲在家里
关起了"禁闭"

051

月黑
在微弱的灯光下
我凝望着远山

不听话的泪
流动在空气里，湿漉漉的

初心，梦想
选择，下定决心……
牵挂，思念
幻梦，幻影……

猛一回头
看见已是凌晨三点
母亲，爱人房里灯火通明

我懂了

052

路该如何迈步
路该如何走过春夏秋冬
行在大地上，如尘埃爬行

天路，是幻梦
晕高
水路，不见实底
脚下无根
生出无端的臆想
大地漫延着隐形的线和光的流萤
每一个节拍，每一场梦醒
每一次选择都成为路标
即使没有路人
也可跟着风去流浪
不管云朵在哪里飞翔
灵魂
在传递着爱的温度

接着地气
倾听呼吸的节奏
在人群中，我寻找……

053

在我坚硬的外壳下
整理行囊
光影组合着，虚与实的交替

我不想留白
以远方的苍茫，留惊喜给
永不放弃和自己的信仰
紧握生命的灯让血液走向清晰
时间，空间
在前进的交替里
完成一次又一次灵魂与肉体的重生

鸟鸣，水流，黑暗
还有关于诗歌的精选

我在寻找自己

054

独木桥下，水流
喘息
我忽视了
所有的风景
家，我眼里很模糊
父母，妻儿，和烟雨楼台
春风十里，几度泪流
不知，您是谁
我是谁

漫过桥的，笑声
却是咸的

055

行进一步，陷进一个坑
向上，向上，向上攀缘
直到站在高山上时
我才发现，似乎我并没有取得胜利

我想让家人过得好一点
我想让操劳一生的父母能更好地安度晚年
然而我突然发现
他们似乎更需要的是陪伴
和关心

056

母亲，已是两鬓斑白
苍老了
看似壮实的父亲，已是腰背弯曲

这天，没有先兆
太阳，像往常一样温暖
但是——
日上三竿，天突然塌了
父亲，被查出已是肺癌晚期

这，是晴天一声霹雳
这，是残酷的呻吟

057

表面上——
母亲，是坚强的
伺候父亲，耐心
安慰父亲，苦口婆心

背地里——
母亲以泪水洗面
几多时，视线，模糊
几多时，脑子一片空白
脚步踉跄，像醉酒一般
脑子里，像电影一样
曾经的过往，桩桩件件
出现在眼前

造化弄人，一声长叹
泪下潸然
恨只恨，谁能给我答复
这是为什么

058

月光，不怎么明亮
透过那不怎么明亮的窗
母亲望着院里光秃秃的井架
回忆着父亲指挥着打井时的身影
那时，多帅啊

躺在床上的父亲也在回忆着
回忆母亲年轻时的模样
那时，多么俊俏啊
脸蛋红扑扑的，鲜嫩，鲜嫩的
这些日子，母亲老了很多
头发，全白了

二老，都在回忆着

不知是谁家起夜的狗一阵汪汪乱叫
屋檐下的风，也跟着瞎起哄，呼呼的
不知是否是要下雨了

母亲，抹了一把脸
泪
无声地下

059

孤独的夜下，风使着劲儿刮
母亲站在院里任其恣意吹打
一棵老树
一次次被风绞紧
似乎，将要掳走它

这倒春寒的天气是动了心思要作对啊

父亲的病，一天比一天加重了
母亲，心在颤抖
母亲，心在流泪
母亲，心在淌血
母亲，却在劝我不要着急
母亲，却在安慰我不要担心

母亲，我的心很痛
母亲，我知道您的心更痛

060

晨曦，朝霞
夕阳，西下
高山，流水
黄河，长江
心中的辛酸，和忧伤
在另一个世界里无痛无悲

生命如火，灯枯了
油尽了

可是，还有奇迹吗？

父亲走了！母亲
没哭

061

父亲走了，母亲
独奏一曲单调的琴声
穿过冷冷的街市

日子依然在不停地流淌中过活
却无法找到昔日耀眼的光
源头无法回到事物排列的堤岸
落叶在秋日漂浮

夜下，一扇窗
半开着
母亲眼神呆滞地望着窗外

062

想——
白云，串起片片白
把所有的心情打成捆儿
艰难地放在记忆深处

不想——
从明天开始
用挂在月亮升起的拐角处的黑
去丈量，曾经岁月过往的忧伤

找寻着阳光滑过的轨迹
把爱过的梦放进云里
让它来渡您的衷肠

看时光
在您的小轩窗里慢慢老去
日子，在刀尖上
战栗

063

日子，徐徐落下夜的幕
眼睛里的灯盏，在暗处

拾起一缕时间的光
立于某个角落
再也无法把馨香留给您的浪漫

您
走进了父亲设的场
潮湿的语言
漫过荒芜的清晰
阳光摇曳

点染你与尘世的距离
冬雪从漂泊的诗句里落下
泊在竹篱外
轻轻提示
您已老去

064

探询
时间与空间的距离
阳光
专为您掐下一缕

还是那个痛
还是那个恨
还是那个病
还是那个根
母亲，您用微弱的声音
穿过岁月的静候
当钟声再度敲响，古老岁月里
远去的白鸽
已衔不回那遗落的哀鸣

曾经坚强的您，走向父亲
奈何桥上，回眸的眼神
是我咽喉中的一根
刺

065

那夜，电闪雷鸣
我的手，一点一点拧紧
发条，绷得直直的
心，咬着血筋
突然听到了，断裂的脆响

我是拧发条的人

手中攥着一把开启生与死的钥匙
在您不再忍受蚀骨的病痛和延长躯体的存在之间
我选择了前者

我不习惯这种选择
我不想拿什么去与肉体，和灵魂做交换
我想母亲听懂了，虽然
眼睛，恍惚

066

又是一年梅花开

往年今日，花正艳
今年今日，几叶落花红

母亲，您在天上过得好吗

涔涔春雨，几许
泪中泪
个中情怀，感动
几个天

那年一夜梅花落，便与母亲阴阳两隔

几度，轻叩宅门
曾贪，只因曾念
抚一竹箫
欲引来慈母面，皆是幻

清泉旁，眸光流盼

烟飞云淡，许我十里梅花
借风，吹上您
的
天

爱，永不搁浅

与父亲书

沧桑的故事，汇聚
丝丝缕缕。倾泻着您生命的禅意

未曾消失的念想，寻求
曾经灌入父亲耳朵里那首还没有唱完的情歌
小巷尽头，隐约见一个美丽而孤独的背影

夜的纵深。孤寂，风啸着
树叶和山草和您的衣襟上裹满了泪滴
再一样的雨，再一样的梦
斑驳的古宅深幽，您已不知道
谁在呼唤谁，谁是谁

今夜，在月光下喝酒

一句诗里有没有酒，不重要
今夜，我在月光下喝酒
月色亲吻我杯里酒香，微醉

情感堆积，在这晶莹剔透的酒里
染色着夜的光芒
滋长着我对您的思念
曾经羞涩的文字里，有许多的动词
当一只鸟飞过，心思里又一次

荡起了涟漪

今夜，月圆。我看到父亲在喝酒
在天堂里独饮。一边还吧嗒着老旱烟
烟斗里的火光，诡异

落日的余晖

太阳，读着山峦的荒芜
从上往下看，在没了枝叶的树杆上
乌鸦的眼睛并不是很小

太阳，喝饱了滦河的水时
脸上增添了几丝歉意

一个汉子在通往回家的路上
抚摸着路边的山草
山草长到了太阳的高度

此时，离落日时分还差一个时辰
此时，汉子离家还差二里路。汉子离家三年了

回家。汉子看到父亲正坐在自己坐过的门槛上
数着落日的余晖

其实，这个汉子就是我

沟壑

蝴蝶，在山的深处飞出
是在一个静谧的早晨。四十岁的我

在霜雪中看见七十岁的父亲
正在参加一场葬礼，他自己的

父亲表情严肃，身子很正
衣冠整齐，尺码很合身
只有院角的猫像是忘记了自己是谁
疯狂地把爪子伸向山涧，好像想起了谁
"喵"的一声，叫醒了晨曦的光晕

我还没醒，如树上也没有醒的一只鸟
还在那里痴想：那没有被风向
逐渐淹没的灵魂，和游弋于梦里的肉身在哪里
只有父亲，在表情严肃的人群中间走过
最后跌进一道沟壑

我醒来时发现自己，不知怎么
躺进了父亲的棺材里
枕边还有一本关于《沟壑》的小人书

眼眸

老了的父亲，不善言语
于是，我与父亲的交流都在眼里

还记得，父亲健谈
我趴在他的背上
蹚过太阳和风雨，在黄色的土地上讨生活
我问父亲累吗？他说有你们在
累点，也是幸福的

日子，乐着。与父亲说着，笑着

到后来，我长大了，父亲老了
承载岁月的脊梁，已不再那么挺直了
少言，寡语。父亲与我交谈少了
我每次出门，父亲只是站在院坝的一角
用默默的眼神与思念，偷偷地
打包到我的行囊

父亲走了
如今，我也老了。与父亲的对话
只是在我的眼眸里，鲜活

父亲偏爱泥土

爱你一万年。父亲说
他的生命来自泥土。他说"你孕育鲜花，孕育果实
孕育万物之血肉和灵魂！"

父亲偏爱泥土。他说他喜欢你身上的味道
他愿意呼吸你呼吸过的空气
他喜欢你如父的严苛，他喜欢你如母的慈祥
他说："你是一本厚厚的书，你是一本长长的诗集
你化精血为墨书写生命的奥义！"

我们是你的子孙！为了我们这些孩子
你在日月星辰中饱受磨难之锻造
经烈日之灼烤，历风雨之撕咬
你站起是高山，卧下是蛟龙
世界创造了你，你创造了世界
父亲偏爱你，其实与这些都无关
父亲偏爱你，是因为你创造了财富而从不做虚浮的囚徒

这，就是你

也是父亲最最本真的生活

画一轮秋月

坐在空旷的院子里
拾起一枚飘落在脚下的落叶
叶脉弯弯，枯涸，如你

秋天的梦很轻
天高，云淡。透过山峦，这月似乎比昨天遥远了
我只能看到你模糊的脸
如透过曾经那一扇窗看到微光下，父亲那张消瘦的脸

今夜，我画一轮秋月
明亮像一块玉盘。银色，好看，镶嵌在房檐下
当我每日晨醒时都能看到你

女儿说，那样就能看到爷爷在天上笑了

今夜，我望着远方

当十月的秋风拂过窗的时候
我想说：冷了，注意保暖！这时我发现您
已去了远方

北风萧瑟
寒潮吞噬着阳光的热能，天堂也冷吗
我想拽紧您的衣襟
夜色，打包
咀嚼笔尖上的触摸，也是彻骨的凄凉

情感，割裂
错落的楼宇和街道
难有宿鸟的鼾声
唯见电杆和夜的黑相依偎地站着，矗立

闪电，触及灵魂
怎奈幽暗的深渊里如何可以完成这撕裂的拔节

梦里真好

时常，在山之巅一个人孤独地行走
羊群、野牛，遍野奔跑，我在寻找什么？
盛放的玫瑰，伸手可触及的白云……

一个春天般的少女
在风中如蝴蝶般翩翩起舞——一群飞鸟划过
某种忧患被一股力量的引力所牵
让我在荒诞和真实中
瞬间，听到父亲的声音
"太阳晒屁股！还不起床——"

我所疑惑的是，那些梦里的镜头，很多
都很陌生。沙尘，暴雪，瓦砾飞扬
——吞山河的巨口，让我一直下沉，下沉

虽然，我早已举家北迁
却很少见到风沙、暴风雪，浊浪滔天，千里喷泻
只是，在父亲走时
雪很大，一直下，一直下

梦，是碎片
曾一度想拼接它，在梦醒时却听到了雪崩的声响

又到割麦时

又到割麦时，久挥不去的画面
正面对我生命里的柔软和芒刺
那被岁月淬过火的镰还锋利么
能否把我的傲骨割去

天高云淡的日子
只有此时的眸里最清澈。一镰下去
挥割着季节的幸福
母亲把一捆捆麦子和我紧紧地搂在怀里
徜徉在阳光下
一个场里，诗韵的节奏丰富着大地

再次走进山中
我又见到一直喂养我思念的饱满
麦浪里翻滚的金黄
还有那阳光下割麦的镰，雪一样光亮
只是，我在麦垛里很久
却未见，曾经熟悉的体香

油菜花，撑起一片晴朗的天

油菜花，如火焰
洒泻的浪。追赶着太阳
等候入场
让鸟儿一起放飞，穿过天的高度
确信曾无数次燃烧，是为生命的怒放

花语让岁月生香，如母

幻象高山流水
灵魂，像这样从泥土里走出
努力编织一张光的网
照在原野，让山色灿烂盛开

母亲说
她死后，不要给她立碑
可以给油菜花立碑，可以写上母亲的名字
母亲说她要与油菜花一起为我撑起一片晴朗的天

今年，母亲走了
今年，家乡的油菜花开得正艳

母亲，今夜为您熬一碗粥

手，轻抖。一盏火，正焰
学着您。今夜熬一碗粥
一碗粥，一碗情，用诗轻放

火，是那么温软。身影，是那么熟悉
如您，景象依然。热气升腾的炊烟
慢慢地变成了云朵
梦里的清晨。我看见粥锅里熬老了您的皱纹

慢火，熬熟。一生的爱，饱食
时隔几十年。那曾经的清香，四溢
一秒钟都没淡去，毫无理由淡去

云朵上微风，吹着
一碗粥的宴席，与天堂的距离再遥远
也能把它放在您能摸着的地方

一轮红日端坐草尖上

正午时分，母亲坐在路边
端详着草尖上的红日。如我

小时候，父母是我的太阳
长大了，我成了太阳。父母是围着我转的行星
继而，太阳脱轨了。去了远方
成了父母的牵挂

牵挂是一首诗，情诗
花叶之间的牵挂，不只是爱情的诗语

在远天的东南方
方格状的楼层，正在长高
母亲抬起头，久久对视

地上，草颤动了一下。像有什么话要说

清明

四月的阳光
照在故乡，一片青翠
豆苗疯长，花儿、草儿、鸟儿、蝶儿——
如你，披着美丽的霓裳
含情脉脉

在河湖畔
一缕炊烟，和我
寻着梦中那还没搁浅的记忆

驻足在晨的雾里
是谁要让愁绪浸染着雨后的潮湿
注定与这季节有关? 空气里
一股熟悉的味道
瞬间，活了

坟头山草，似乎看懂了什么

写给你的情诗

XIE GEI NI DE QING SHI

青　铜

想起你

一觉醒来，天未亮
门，已开

是夜，星明朗，风未止
入梦，蛙鼓起
萤火中色舞翩翩

"墙头，人影晃动"

一声轻唤，惊了屋檐下的猫
窗帘，破了一个洞
青春，躁动的热，冷却了，还是鲜活的

老了，是日子。想起你，就在此时

夜雨，思

一首交响，难在情人梦中
入眠

窗望，雨滴入内
相思，甜。幻思幻影间，附耳
轻唤：乖，可安？

拽着雨儿的衣袖

一个大男人撒娇一把：求她转送爱的诗笺

长夜，雨长长。曼舞中，心曲轻扬

敲打手机键盘，韵儿

点赞，却难解相思梦一场

雨，打湿了空气

味道，盛满了夜的香

不知，此时的夜，两地是否相同

不知，此时窗下的你是否和我一样

夜，雨。手牵着手，自己的

不知不觉天亮了

在桃林深处，我等你

晨风，吹拂着夜的最后一点黑

迎上，东山早醒的一轮白

怀揣着存在心里的幸福，上山采摘我们的未来

桃树，很高大，很亲切

桃果，挂半空，乐得桃枝乱颤

醉了我的心，痒痒

啊！在这桃林深处透着一股"喜气"，美美哒

在桃林深处，我——等——你

虚构一场雨

混乱的想象力
划过我精心设计的一个场时，你没有来

一缕阳光，轻叩时
我想把自己交出去
只是为了给你的爱情更有诗意
我虚构一场雨
在雨里走进大唐盛世遇见诗经里的你
我随你走进沙漠，我随你走进荒原古道
寻找记忆里的潮汐

我要吟唱，我要洗净浮世烟尘
此时，我想你

垂柳依依

月色浅浅。灯光在垂柳下
摇晃了几下，熄了
端起酒杯，手指的朝向风起
呼呼，呼呼

咕咚，咕咚
我就着酒一块儿咽下的还有夜的低沉
性格的刺和柔弱，有着原始的一部分
钟声敲响时，击穿静谧的撕裂我明白了
一场暗恋会让一个汉子在夜色里裸奔

盼望一场春雨，淋透这个三月

在鲜活娇嫩的垂柳下，我想做你爱情的俘虏

一瓢相思，饮过

采一片夜色，入酒
和着久了的念想，慢慢品尝山间明月

揽杯入怀。就着苦涩与甘甜
饮过相思几许，能让今夜银河之水
漫过滦河之岸么

栀子花开的时候，唯愿拥你而眠
西风沉醉

一见，缘

听说，花朵的爱恋
在蜜蜂飞来时的第一秒便已注定
它们的痴恋。这像极了我和你

眸里，满眼是
爱的恋。四目相碰的瞬间确定了，缘
不知是谁出卖了我的拘谨，和你的矜持
涟漪。让春天的湖水湛蓝

长河中逐渐掩埋星光的影
这一天，是你
是我。把爱的诗笺折叠成一叶小舟，朝
彼此的心湖驶进

醉在山谷

天醉了，地醉了，夜醉了，我醉了

一夜醒来，晨阳已挂在树梢
摸摸脸，耳、眼、鼻都很整齐
抬抬腿，我似乎听到它对我说：我很好
我忽然想起了什么，侧首更是一惊
抬头一看，四周空空如也

我在脑海里，使着劲儿搜寻
镜头：时而近，时而远
画面：时而清晰，时而模糊
图像：时而如块状，时而如碎片
梦乎？现实乎？

酒，我记得。记得：与月对饮三杯
同柳树把盏三巡，与溪水行拳猜令，同山石握手碰杯
记得：你姗姗来迟
却已翩翩而至，直入我心

记得——后来就不记得了
后来——想你——爱你——

一湖清水

傍晚，不知不觉，我来到湖边

水，还是那么清澈，那么千娇百媚
如诗，如画，娇艳，柔情

如含情脉脉的少女
又如熟女雍容华贵，还不失飘逸

美，真美啊！你的音容，你的笑貌
又移出我的脑海，鲜活地站在我面前
美，真美啊！这天，这地，这湖水，这湖边草丛中你醉人的气息

一湖清水，是我们爱的见证

清晨，你听到鸟鸣吗？

又一个清晨，一缕阳光
钻进了我的被窝
灼热，让我想抱紧你

窗外，几只鸟儿
衔来你的信息：你昨夜做噩梦了
昨夜，我一句不慎之词让你开始纠结
开始不安，开始打一个没完没了的结
你梦见：天空流动的花朵花香把床前的灯扑灭了
你梦见：我放飞的鸟儿被猎人射中了

亲，梦：是水中影
挥一挥衣袖，再看：湖面是风平浪静
秋风，不是萧瑟
古人诗云：自古逢秋悲寂寥
我言秋日胜春朝
我已派鸟儿捎去最美的祝福：乖，一切皆安

秋——
是收获的季节

闲谈中，我想起了你

闲谈中，我突然想起你
让我听不见对方的言辞，让我灵魂出窍了

思绪，已纵行千里
我翻阅那似已远去，却一直在心底深处的记忆
不模糊，很清晰

阴天——
没有华丽的外表，云淡，风轻
如：绿茶，清新自然
如：秋月，一首清纯的诗
晴天——
充满温馨的阳光，如：
一曲灿烂的和弦流动在心口，让我心旷神怡
翩翩起舞的云霞，如：
你穿着婚纱款款而来
……
若不是友人尴尬一笑，我还深陷你的梦里

亲，闲谈中，我想起了你

路边，站着一个人

是夜，我独自一个人
在一条幽僻的马路上漫无目的地前行

路旁，大片树木虎视着地平面
好像要将其吞噬肚里

路，像藏在树木的缝儿里
越远越细，一直到视线的尽头

走着，走着，我害怕了
这条路，白天也少人走，夜晚更是空寂
人，路边站着一个人
空气，凝固了
汗，穿过脊背，入发梢
是你吗
熟悉的身影……我迎上去……我掉进湖里

醒来，我躺在床前
地板上

爱是什么

星星，挑起我对你的相思
月儿，不知羞，还是发生了什么
没有道一声离别，就不知了去向

也许，世间无奈，很无奈
风几何？你无声，我无语
走着走着，是我把自己丢了吗
还是夜太黑……我思……我想……我……

人，是人啊！路，是路乎
桥，弯弯曲曲。我，影飘飘
然也，夜很静

好怕啊！明天，我还是我吗
一盏路灯，忽明忽暗
一个影子，熟悉，还是陌生，我哭了

我，是你的

爱，是一根琴弦

爱，是一根琴弦
轻轻地抚在上面，心如一朵莲花
在静静的湖面，慢慢地绽放

静心，静语
弹一个音符，吟一首诗
如，在一个无人的小巷
一边品着八月的桂花酒
一边看着天，看着地，看着你的背影
又如，在一个桃花落尽的春之末
一个人独行在夜的深处，弹风，弹雨，弹相思

一根琴弦，弹一曲恋之歌
它不是交响曲，只能发出一个音符
它却能弹奏你和我
爱的执着，爱的坚毅
如，山涧清泉
涤荡着天籁般的音乐，从天上缓缓而来
又如，一个雨后的晌午
我和你相拥在大自然的怀里
一起呼吸着清新的空气

一根琴弦，需要两个点
才能拉紧
一首恋曲，需要两颗心
才能弹奏
你和我，在爱的伊甸园

让蝴蝶飞舞出惊艳
让蜜蜂缠绵在花语间
让一生的痴情，一生的依托
如诗，如歌

顽皮的时光，写着
多少个旧梦
风儿轻弄，醒了我一池相思
柳垂湖边，微吐心语
把头仰起来，用我痴情的嘴唇
诉说，我和你的秘密

一块三生石上，雕刻着爱的诗行
一根琴弦，将日子奏成万种风情
轻轻地拽一缕幽香
将满满的绯红打包
贴上三百六十五枚邮票
让我的琴音给你捎去

爱，是一根琴弦
弦的一头是我，弦的一头是你

静夜，我要走近你

一个人走在每天熟悉的路上
我像一个陌生人

车辆，眼皮都不抬一下
从我身旁呼啸而过
几个喝醉了酒的路人
踩着了我的脚，却骂了一声：
这条破路早该修了，坑坑洼洼不平

我不理不睬，滑动着手机
吻着你留下的气息
尽管，屏幕已黑了不知多少时候
我却，能看到你的——熟悉——身影

远处，一盏亮着灯的窗户
好像挂在路旁的树杈上

梦里的 520

春天，如沙
在手里还没被攥稳就从指尖滑落
鸟儿，清脆
衔着夏日的阳光入了你的怀
520 来了，风也要来了吗？在这个时候
是迎接夏的到来？还是在为春送行

摇摆的柳枝，准备好了吗？请不要扭捏
今夜没有月亮挺好
熟悉的风，熟悉的路，熟悉的夜的黑
静逸，惹人爱了，逃不过耳朵
在这个夜的景色里，触到了你眨眼的咔嚓声

动了心的潮，不只是在这情诗里
眼睛，离开了我的肉身穿过楼宇走进了你
夜有些凉意了
柳絮，浪花儿似的漫天飞舞
搂着星空的腰，我走进了唐诗宋词里
借着李白的桂花酒扯下你的窗帘当作纸笺
写下：520

风过，醒来发现我是在 520 的梦里

沉默的黎明，不一定静悄悄

我的窗，正对朝向你虚掩的门
闭着眼睛，我看着你正在和晨阳亲吻

光穿过楼宇，从我的窗前一闪而过
仿佛听到了你在对我说：
"你看我的发丝柔软吗？发丝间
飞近的蝴蝶正是你喜欢那只……"

"快来啊！打妖怪——
妖怪在一个玻璃瓶里，要出来——"
电视里，一群孩子在喊

风吹动着窗前的柳树，柳条
婀娜多姿，如你挥动着衣裙
妩媚了春天
"瞧！一只小燕子落在檐下
叽叽，喳喳；喳喳，叽叽
如你的歌声。一直在我的耳朵里
徜徉！"
电视里，播音主持正在朗诵我的一篇散文

这么多年了，其实我也一直在保持沉默

心尖，一朵梨花白

推开，花的窗
染白心尖的，是你娇俏的一弯剪影

我是一只蝴蝶
落在三月的春风里，读着你的心事
我愿你张开翅膀，展现你最纯最真的美丽
只为我
我不愿你那纯洁的白，变作沾满相思的梨花泪
落在掌心的，温凉里

我也有过迟疑，迟疑着
没有靠近
那轻佻的野花意图掩盖你的芬芳
让一切都不安静了
我仿佛已停留在山野里，试图抓住什么
这躁动不安的世界，差点让我忘了曾经的记忆

在苍穹的画布上
留下春天的痕迹，此刻
我要重新认识你，轻捻指尖的一缕花香
再也
不能将你失去

爱，是私密的诗笺

一朵花的羞涩，沉浸
在夜的梦中
月照廊桥。案头几许滴墨
染色红尘情歌

心中期许了，缕缕悠悠
景色几何
吻痕烙印，在心的深处
天涯，海角
情丝，万缕

牵恋

一抹角花，漫过
铺满碎石的小径
赶浪的潮，驿动的心
凝望，檐口
相思树下，借一把爱的心伞
撑起晨曦中，涟漪
一片，一片

推开窗，隔着一帘
雨幕。望一眼，一首诗韵
在一朵词花里，温婉
如玉

墨香，在心的私密里
飘然

爱在途中

当夜风吹拂了你的发髻

一个茅舍，来自古老
莞尔一笑
风起。我沉醉在你的发髻上

眸子里，那两滴发光的雨珠
在院坝角落生长成一棵榕树
根系里，透出紫色的光。你说的

为什么，轻轻地
把一束太阳花瓣撒在了那个夏天梦里
一粒有关爱情的种子
跨越大半个中国，在这里丢失了

一个大红灯笼，成了这夜色里
鲜明的对比

等你

"等你——"
说出这两个字时，你已走远
只有风点着头。好像它听懂了似的

"冬天来了，春天还会远吗？"
我留下的这句话，已深深地

烙在了心上……以至于
那景，那境，那情，经常出现在我梦里

允许碎裂，如梦。将希望
抵达烈火，赋予信心与勇气
莫要遁入尘埃……这样我
在现实里面，笑着

至于，那两个字
是否那天真的落在了风里
还是，那天一向温顺的猫出了问题
不停地叫着……至于
猫故意，猫无意，在乎吗

只是，那两个字我一直记得

秋思

清冷的月，挂在窗外
寂寞无声。一阵风袭过
院里狗叫了一阵，或是困了
渐无生息。我也入梦里

或许更远的地方，有人在吟——
"中庭地白树栖鸦，冷露无声湿桂花……"
风的脚步声，一会儿远，一会儿近
心念的你，一会儿近，一会儿远

是的，整夜风无眠

清晨，天地人间
秋色满园。还在景里，一片相思，轻拾

丰腴的夜，泛着红谈论着一首诗

虚掩的门，风啸
来来回回的星光，想把爱写在脸上

如果，今夜写一首诗
无眠了。那是，想你——爱着所爱的，但又不说出

爱，无伤
高过二十楼的灯火
奔跑——寒潮里，都是取不尽的爱

山后的犬吠声
远远地，面向你的方向，越来越小
我，悄悄地把喜悦兑进一壶老酒
让微醺的脸，与你相拥而眠

今夜，我们忽略不计冬天的残酷和漠然
因为我们的爱，很温暖

小路尽头是否有一扇门

闭上眼睛，我看到
一路向北，小路尽头有一扇门
钟声，敲打着窗前的雪
心紧了一丈。看见山前一盏灯
把夜色聚拢，又打开。一条河
冰面很亮，如镜子

山坳，一只眼睛挂在树上

与一只鸟儿，对视着
另一只眼睛看着月亮深处，一座城的高墙
说更清楚点，是高墙深处的一个窗
竟然
忘记了关灯。让我摸着黑爬到了你家门前斜坡上
种下以为会在黎明前升起的太阳

今夜，我为你写诗

揽一把月光，写进我的诗里
不是因为今夜的月色很美，而是月下有你
远远地，远远地望着你我不敢走近
不是我怕你家门前的狗，而是不想打扰你

站在桥上，看着南来北往的人们
听着小商贩的叫卖声
我的心里只有你，我的眼睛只注视着你
问我的情，问我的爱，问我的相思
告诉你，恰如这桥下的湖水
看似平静，暗流却在湖心底

我想写诗，今夜这入诗的——是你

背影

一缕清秋，浅浅背影，几丝惆怅
是神秘吗？还是未解开面纱
揽一把风儿吧
最好让我明白

读不懂的秋天，片片落叶

是离愁，还是为了明天的相聚
心似冷冷的寒气，好想把自己放进炉火中
至少死前是暖和的

夜，在空中很是潇洒
我蜷缩在你黑暗的角落里，好难啊
请给我一个正脸吧
哪怕我只能看一眼，我也想死个明白

如果我倒下了，一定是脸朝下
在我的字典里找不到后退的字眼
记住，我会继续前行
直到，你转身

背影，留下几粒尘埃

月亮，挂在夜的枝叶丛中
蜷缩着——怕我不小心惊了它的梦

湖中，你缥缈的背影
朦胧——还有几多惟妙惟肖

一缕清风，轻拂你的长发
醉了千年的相思——有了想揽夜入怀的冲动

一只猫，从不远处的草丛走来
伸出前爪——踏碎了我爱的诗笺

你，好像发现了什么
走入陌巷——只在岸上留下几粒尘埃

等你，在月光下

时间，像蜗牛一样爬行

不知趣儿的
那月光，湖光，桥上的灯光
还有桥下的一对对恋人情人……
挤满了我的眼

急躁，心烦
滑动手机，讨厌它这个时候没电了

你，来了
来的时候正好，虽然我等得心都碎了
你来了，月光牵着湖光的手钻进了被窝儿
灯光也倦了，耷拉着眼皮，你来时都没有搭理你
还有那些恋人情人也钻进了树丛
好嗨呀！偌大的夜场只属于我和你

此时的夜静极了
耳朵里，只听着心急促地跳动
我和你都有点害怕了
害怕我们的心会跳出来
害怕它不会听从自己的指挥

正在我们都很尴尬的时候，我突然睁开眼
眼前的景象，让我吃惊：这儿，怎么没有你
这儿，月光，湖光，灯光依旧
尤其是那些恋人情人
我再次滑动手机，才发现
离我们约会的时间还差好几分钟

不着急，你慢慢地往这儿赶吧
我也没到呢
离约会地点还差好几个弯儿的距离

我把手机揣怀里，脸热热的
心里窃笑：刚才我把他们——当成了你

天凉了，注意加衣

一夜醒来，已是暮秋

风，暮秋的风
掠过楼宇敲打着窗发出声声叹息
让我增添了对你无尽的思恋
和缕缕相思

一步一步踩着曾经留下的微笑与开心的湖岸
——却见
寒霜正将我们的脚印抚平
将我们的影子驱赶

天凉了，你可安

思恋——
是一根红线，一头拴着你的梦
一头是我一首一首缠缠绵绵的诗篇
我愿——
化作一轮明月，黑暗中把你伴
孤独时，陪你一起寂寞
如果，天冷了
我愿化作一个太阳，给你送去温暖

天凉了，注意加衣

你是我的牵挂，我是你所爱
和爱你的人

我不仅仅是你家庭院的一棵树

一天，你无意告诉我
你很喜欢你家庭院那棵树

你说——
春来了，它身上会长出许多新的枝条
那嫩黄色的小叶
给你的生活带来无限生机
你说——
酷暑，它会揽你入怀
送你一片清凉，让你惬意和舒爽

其实，我不仅仅是你家庭院那棵树

我比它对你更好
我保护你的能量比它更强
我有一双神奇的手，我有一颗懂你的心
起风了，我会为你添衣
披上一件外套
下雨天，我会为你撑伞
伞一定在你那边
烈日炎炎，我会运用我的智慧和科学技术
唤来雨水，赶走肆无忌惮的灼烤
天黑，我会为你点灯
为你驱走黑暗

孤寂，我还会用我的手为你写情诗
我还有一双神奇的脚
我要做一生为你服务的人
在人生的路上，无论你往东还是往西
我的步调与你高度一致
无论是贫穷与富贵，无论是健康与疾病
我们喊着"一二一"一起前进
——当你老了，我会背着你走遍
祖国的山山水水，过活幸福人生

我不仅仅是你家庭院那棵树

我的情——情很深，情很真
我心胸开阔，有大海一样的胸怀
我的爱——爱很伟大，爱很真诚
它如高山一样巍然屹立
它如平原一样无边

我邀明月共相思

月儿，悬挂夜空
它，真亮，真圆
面对你的柔情似水，它最懂你的心

湖面，那么平静
顺着湖面，我寻找风儿的去向
目光，向着月深处延伸
纤细的秋雨打湿了浪漫的记忆
静思，苦想，回望
曾经走进彼此的心里，住下的不只是一座城

趴在夜色的肩膀，在寂寞的楼宇缝隙间

等待凝结在月光中那一际柔美的消息
直线的距离并不遥远，一条河阻断不了
两颗缠缠绵绵的心

今夜，我心里除了想你只有一片空白
噢！对了
还有这一行行湿漉漉的诗……

今夜，夜色迷人

浅浅的雾
从天的另一边慢慢升起
无视一池红莲，在雾中
你扯起一缕月色迷盖我的整个森林

你是为我而来
——这夜蝉鸣，蛙鼓起
一条小径，斑驳光影
——这夜
我却没有勇气和自信
——这夜
我把自己丢在夜色里

雨，一直下

如同昨夜的雨，在我寂寞的时候
突然降临
我站在窗前，看着桥上还亮着的灯
幻觉中，你款款而来

雨还在下，一把伞的惊喜让我回到了从前

那三月的风，把偶遇的我和你
揉成一个解不开的线团
还有那八月的雨，淅淅沥沥
恰似你缠绵的情，温存无限

几多的夜，几多的酒
几多的雨下，几多的情牵
今夜，雨一直下
今夜，夜无眠

今夜，我枕着月亮入梦

今夜，月儿很深
那深邃的月光下，有你那夜留下的影子
今夜，月儿很美
那月色的空气里，有你独有的味道
今夜，夜很温馨
今夜的夜里，我拥有你

今夜，我枕着月亮入梦

今夜，我真的好想你

走吧，往前走，我在前方的山坳处等你
轻抚山峦，把山脚下野牛的怒吼
还有马儿奔跑的雄姿抛到脑后
我的眼睛里只有你。今夜，我真的好想你

一小房，窗开着。这里的风景，删除不了
一段记忆，在日子里已封存
没有什么无奈，没有什么伤感

看着月色流淌，看着树影魅惑
世间，很安宁。我心中，只有你

冬，冷了。风，很大
扯一片白云当画布，我想画一个太阳送给你
桥头，有景儿。长长的思念
有阳光和浪漫。牵着手，让微笑为生活代言

真的，我想再次牵着你的手
不用走台，无须调整情绪，一切照旧
一切还是那么简单

距离

你爱我，不必是
心与心之间零距离
我爱你，从不用
一把带有刻度的尺测量你和我之间的爱有多深

相爱的两个人，都给对方留点空间
不要，把你爱的人空间挤满
要让，爱的过程在宽松愉悦中完成

这是爱的真理
昨天和今天，我们都在路上
明天和后天，我们还要在路上前行
我们无须去丈量从起点到终点之间的距离

鸟在空中飞翔，从不理天有多高
鱼在水中游，从不管海有多深
你和我，就像山把海揽入怀
海从不去丈量山到顶的距离

爱的真理，有爱就行

想起你

醒来，第一件事是打开手机
因为，我又想起你

在爱的海洋，我注定逃不出你那双眼睛
星星落入你那双水蓝色的眼眸里
也会深陷在你的一汪春水里

现在是冬天的一个章节
大地上的草木正在凋零，我会是一株长寿花
在冬日里继续生长，是为你引来春色
奏一章琴瑟和鸣

以果为凭，构成名字的生动
如一轮熟透的月，让我的夜
满地是爱的银辉

许我，今夜想你

夜，在风中消瘦了

窗前，那些脱掉外衣的树木
不屑地
瞅着蜷缩在墙角的我

酒后，一般人胆子更大
我却只能

远远地望着你关了灯的窗

时常，我和你在梦里相会
就算醒了
我还久久地相信梦是真的

我知道，等待会是一张过了期的船票
如果不等待呢
船长会放下舷梯吗

也许，很难有答案

你说，还是简单点好
简单
就是存在

好吧，我也不搞太复杂了
许我
今夜想你就好

雨巷，一把油纸伞

今夜，雨。走进你家门前的雨巷
宛如江南——烟雨朦胧

我一个人，在雨巷里徘徊
干净，一尘不染
如果，有一把油纸伞就好了
伞，你很喜欢
有各式各样的，不少于十把吧
油纸伞，配你的风韵
绝了

你是一个北方姑娘，却如江南女子般
柔美，温婉如水
花，是你的最爱
我想起梨花，如你般纯洁
江南的梨花，水一样娇嫩
遗憾，你没去过江南

你，纤纤玉手如春笋。白衣素装
如冬雪一样清纯。淡淡红唇
貌似西施
蓦然回首，你站在雨巷街口
手中多了一把油纸伞

油纸伞，在雨巷中燃烧，再燃烧

摘颗星星送给你

今晚我好想你，月黑
我只能借着远天的星光还在那个路口凝望着你

是否你关窗了
我什么也没看见，只能感觉到你的气息
你是否正站在窗前与我对视
你是否穿着白色的睡衣，你冷吗

我想摘颗星星送给你，不管它是否愿意
管不了那么多了。因为，我爱你
我还要送你一颗流星，好让我们
许下的愿望实现

情诗，只写给你

沐浴爱河

在阳光的池子里
沐浴着青春的歌谣，和曾经说的实话

在河流的外滩，一个童话般的故事
画了一圆弧的圈
逆流，入了大风送来的消息里

弹跳的天空，是谁的足尖动了我的爱恋

夜下的寒潮，淋湿了小鸟的翅膀
在风的舞台上，我从来没有走出自己的躯壳
圆点的中心，丢失在旋转的路上

身体的骨节，是否找到了
挂在眉梢上那朵云
是否会，待我洗净铅华从光影中走来

你我依然继续
沐浴在，爱的河流里……

爱得糊涂

爱的一半，是糊涂

就像如今。心的一半总是在夜深被另一半撕咬
如一个执着的爱花人看花被人摘走了，就像
看见你走了，走了。虽然，有过回头

假如，心丢了，还能找回吗
把文字揉碎，抛落天空，随风而逝
花谢了，一地落红。挡住了视线
这一起点燃的篝火。还能否抵住冬雪与寒风

月很圆。路很荒芜
寂静的夜，静得几乎听不到心跳
唯有山深处一匹野马，喘着粗犷的气息
奔赴夜的死亡。不敢斗胆去想有谁能赶来
阻止马儿行驶的方向

以为花开了，就是你的笑容
一本书，爱的肾上腺素是平仄的诗韵。拿起画笔
画一双爱情的手，互扣两颗心
我和我讨论着，是否可以逃出这牢笼
纵然，关上了一扇门
记忆里有过风，记忆里有过桃花的暖色，还有过你的笑足够

以为天亮了，你就会来
挂着冰凌花的窗子，能听到布谷声吗？半醒半梦间
在意太阳升起来！斟一杯酒，端着
不敢酩酊大醉。醉了就不由自己

多年以后，你还会看到一座爱情的雕塑，正在试图叫醒
自己的耳朵

星子，种在旧了的裙摆上

搂着，怀里的声音不一样的意思
就是这样子。只要喜欢的人在意夜色的浪漫邂逅

相信自己的问题
解决这个事情，青涩时光有过秋风
一个模板，恋着另一个模板
树叶凋落，走进另一个风景让寒霜洗净前尘

蝴蝶的忏悔，爱与恨
交错着，让回忆那么伤
丢进一只旧纸篓，不要秘密。茅草屋老了，老了

白发一染，时光的浪子
反锁了，然后
炊烟，你要去哪里，梦中莫名香气袅袅
荷尔蒙的冲动，随着影子长长，长长

剪下，羽毛
丰满的，只有你的，我的名字

谁偷走了我的月光

001

半醒，半梦中
银白色的光，洒满窗台
好美，好靓啊

那一夜，记得
你身着银白色的风衣，在银白色的月光下
踏雪而来

在那雪的片片白色花瓣丛中
你是一道风景

风，停下了脚步
它垂涎你的美色，我也把羞涩
扔进了我们家楼下的湖里

我的心，开始不再单纯

时常，我透过
夜的窗。露出男人的本色
这些，我窗台上的那盆牡丹花可以作证

002

半癫，半狂中
我追着月光跑，我把酒对月当歌

一度日子，夜色
伴我们谈天说地，在抚琴奏曲中
吟唱情诗

我们，陶醉了
脸蛋儿，似红红炭火
依偎在月光的怀里，翩翩起舞

星星，喝醉了
它与月亮怒目而视，我们不理不睬
继续，一切美妙绝伦

日子，生香
桃花溪上，月色
不再孤立
浪漫，已不只是一首情诗

003

风萧萧，易水寒
站在城市一角，听着夜下风声

意象，空灵

咚咚几声，钟声
响在北山那片枫树林
一个窗户启动，接着又"啪"地关上了
剩下几声猫叫留在角落里

驻足，银河口
大片大片蝴蝶飞来，落在
夜影里

喔，曾经
那一抹惊鸿，还在闪光灯里
只是，相机已不在我们手里

人生 纠结在世俗里

月亮之上，看不见
月光和自己
可不可以告诉我，月的光芒
是谁偷走的

爱在四季

001

风，吹醒了我的梦
一颗种子藏不住心事，在这个早晨发芽了
日子里，炊烟醉在了粉红色的桃红里

你唤来妩媚多娇的云彩，讲述一个春的故事
我在月光和雪的枕畔，站起了身子
这时，惊奇地发现我的日记里有你的名字

曾经一起相约，在天黑之前
我和你一起婉约
用含情脉脉的目光，点亮爱河岸上的街灯
让幸福的花洒定格在这个春天里

春天，我在你的楼下等你

002

骄阳，似火
如同你的烈焰红唇

夏日的风景，如同你玫瑰般娇艳
山水间，一片红梅拥抱着太阳

嫣然怒放
还有那，雨水洗净湛蓝的天空
红霞漫天，点染着相互辉映之色
在世间旷野，带着几分炽热的激情
燃烧着这整个森林

你拥抱青春，燃烧心中火焰
风和雨都不能熄灭心中的火焰
让你的爱情之火，将我燃烧
持续燃烧——收获满满——幸福满满

我们穿越爱的银河，迈着诗意的舞步
奏一曲五彩缤纷夏花的梦呓
让心海涌起层层爱的波澜和涟漪
置身于
爱的记忆和思恋中

夏天，我在装满栀子花的航船上等你

003

一地金黄，几多喜悦
金桂香，谷穗黄，池荷的花瓣里
飘出你的秀发香

秋天，注定是一个成熟的季节
在田野，在山川，在池河
在一切阳光普照的地方，万物丰满
诗人们，一行一行，一章一章——文字的长城
是满满的收获
笔端，一半是物丰，硕果累累
一半是爱情，相思曲、秋风词

秋天，是一个浪漫的季节
拾一片枫叶，我画上熟透了的你
那一泓秋景，如你热烈浓情
还有那天上的云朵，醉了的红霞
是你含羞的花蕾

走近你，淡色云裳
情溢水乡
起涟漪
蓦然回首，一轮月落在我的
秋水里

秋天，我在浪漫的夜下等你

004

冬天，雪花儿飘在我的窗前
撩动了我，爱的琴弦
一朵朵，一片片，都是我对你无尽的思念

月的尽头，星稀少——路灯忽明忽暗
视线中，我家门前的湖消瘦了的水面
已在你的柔软中，把我的心事搁浅

是春，你种下了相思树
是夏，你回眸一笑让我有了诗和远方
是秋，你款款而来——乱了我的心弦——动了我的情牵
冬，我们还在路上

无论天阴，无论天晴
刚好存在

我懂得，你懂得
我们会珍惜有我有你的日子
牵手——前行

冬天，我在迎春的路上等你

假如

在湖畔深处，有我们的呼吸
希望我那俗气的爱情
没有惊吓到湖中的鱼儿

那个雨中的钓鱼翁已忘记了甩钩
那些树林中的鸟儿已忘记了
弹唱的曲调是第几节音符
晚霞，悄然。它不想惊动我们
我的心中还是荡起了一片片涟漪
湖面，银光闪闪，美丽的你依偎在我的怀里
很温暖，很舒服

仿佛，世界上：没有一个人比我幸福
仿佛，人世间：没有谁的爱情比我的爱情浪漫

不寄山间一朵花，一纸相思页页情
假如，这个春天我的世界没有你
这一片山野百花就不会开
假如，这个夏天，我的世界没有你
太阳就会躲进云层，天天都会雨纷飞
我不是一个诗人，每天写诗笔不停
那是因为有你，我的生活才有激情

我想唱一首歌，为你唱一首歌

不需要伴奏，也不要观众
舞台下面，就要你一人

吻你千遍，我爱你不只是喜欢你
阳光下，你走来，我会很快地迎上去
如果，你拐弯了，我会留在原地
久久地，直到，你的影子消失
下雨了，你带伞了，我也会担心你被浇着
下雪了，路滑，我会担心你滑倒
你说，你一个趔趄，我会迎上去抱着你

我愿，我是每夜照亮你回家路上那盏路灯
我愿，我是每日清晨照进你床前的那抹光
我愿，我是后半生牵着你走路的那个人
我愿，我是你爱情经典里一个精彩的章节

假如，人生是一场旅行
我要写下有你的风景
假如，我的人生还剩下三秒
我给你的情诗还没完
我会在来生写续集

心中住着一轮月

如痴，如醉。有梦幻，有现实
天美，地美。有你，很精彩。世间，很温馨……

一度时间，不分白昼，不分黑夜
一种冲动，冲破复杂的生物圈
如一块烧红的烙铁，在我的骨髓里萌育
行银河，遡流而下，入脏腑而宿

是何等的伟大，是何等的爱，让世间颠覆
你最好

黄河，为了等你瘦了
山峦，为了等你眼圈黑了
怀春的三月，为了等你不知谢了多少个花期
汛期，开始一个比一个长
后来，汛期一个比一个短
我，为了等你眼干了

又是一个汛期。虽然，水浑浊
虽然，你倩影朦胧却很美
就连陪我一起等老了枝干的槐柳树
眼里都闪现出光芒
因为，我是你的

似远，似近，似近，似远
一点惊，一点喜
纸折的船儿，只要精心呵护
它也能经住风雨
行山川，过峡谷。穿林海，走草地
路黑，我会化作星星
陪你，伴你，为你照亮前路
下雨，我会为你落下窗帘，再添一灶的炭火
让你里里外外暖暖的
打雷，我会抱着你入梦，让你，安

悄悄地，吟一首情诗。悄悄地，不想让你听见
不想打扰你的梦
几多时，我在我心里踱步
几多时，我在你面前装深沉
其实，我是纸糊的

我会在梦里被吓醒，还是无缘无故
只有握着你的手，心
才安全落地

无论春夏秋冬，无论阴晴圆缺
承诺，一锤定音

冬日的咏叹

冬来了，地老了，天荒了
晨，醒。发现河岸
杨柳的衣服已被北风一件一件扒下
——生与死的考验

北方，开始进入冬眠

你知道吗？我对你的爱
一直是鲜活的
从春到夏，再从夏到秋一路雀跃

虽然，你说过不想再高调了
可以像冬日的蔷薇
像你家楼宇间铁栅篱笆墙上的蔷薇
在霜雪的包裹下和衣而眠
但是，我还是想现在就出发
可以趁着冰还没有封锁水路
正好雪已填满沟壑
我们追上候鸟，一路向南
去南方经历阳光的温暖照耀和洗礼
再做好准备
迎接春的第一缕绿

你知道吗？还有
我们可以趁机采撷些许红豆
带回来种下
许你相思不老

今夜，我把心事说给月亮

一条河，流水潺潺，情意牵牵
河畔。那风吹着柳条儿摇曳着细腰
身旁一棵不知名的树，直立，目不斜视

沿河而下。霓虹、月光
河面的色彩熟悉、陌生
初恋、热恋，柔柔的相思，重复着那个花季的日子

河流。蜿蜒拐弯处，泻一泓光色的月儿
唱着只有我俩能听懂的情歌
把我直接拉进羞涩里
如果，能飞来一只蝴蝶就好
那样可以一起在灵魂中飞翔

流水，汩汩。拨动爱的琴弦
让我沉寂在今夜的时光里
趁着，今夜月色正美
趁着，河流在冰冻之前
我抓紧机会，给月亮说说心事

我，与雪对峙

我，与雪对峙
雪花，总是飘落在夜里

轻抚夜的黑，把光白洒落到人间
甚至连楼宇间的角落都洒泻

我，与雪的对峙
昨夜，你在窗台等雪
昨夜，我在窗外听雪
今早，你与雪零距离地亲吻
你说雪，温柔，静谧
你说雪，旷世，经典
你说雪，在诗人笔下不知有多少誉美的千古绝句

其实，我在雪的包围圈里
只有一个字：冷

我，与你的对峙
拈起雪的白，乱了方寸
打开手机，一场雪后的图片满屏飞舞
雪中的花，雪中的果，雪中的鸟鸣
心跳，加快
嫉，妒

你说我不懂雪
你说我不爱雪
你说，雪真的很美

组诗：以后的回忆

断章

日子深处，雪月风花
把耳朵叫醒，一首情歌不老

让我沉浸于诗韵里……

001

指尖的柔情，轻弹着相思的夜曲
缠绵的往事
在浪漫的故事里，书写着幸福和惬意

你是白云，我是蓝天
懂你，你是宇宙的天使
纯洁、高贵、美丽
你把，你的真情，你的期许
都给了我这片天，包容了
我的期盼、骄傲和懦弱

无须言语，一个眼神，便心知意会
无须暗示，一个举动，就会明白心有所依

知否，你是我的唯一

002

去天边的路，有多远
一起走
永无尽头

岁月中，珍惜有你有我的日子
一路走过春，一路走过夏
一路走过秋，一路走过冬
春，将爱的种子埋进明媚里
锁定：相濡以沫，在阡陌红尘中
耕耘萌生的情

夏，携手憧憬
把火一样的激情，把火一样的爱
呈现得淋漓尽致
秋，十指相扣，心连心
放飞：让爱多姿多彩，绚丽斑斓
冬，继续行进，走进下一个生机盎然的春

一路牵手，真好

003

白云轻抚楼宇，微风滑过窗前
记忆的闸门
透过月光下的静谧，敲打着心灵深处的风景

雷雨，风雪，阳光
梨花开了，柿子红了，樱桃熟了
青山，绿水，白草，红叶，黄花
圈圈点点，似水流年，四季更迭
脑海，眼里，只有你

一抹玫色，醉时光

碎片

提拎着梦的孤独
从你均匀的呼吸中醒来
摸一下床头的手机，还保持着睡前的温度

001

几多时，几多夜，辗转难眠

乖，安。明儿早醒，我睡了……

002

今夜，窗外，月正圆
仿佛间，楼宇拐弯处有风吹过
树影没动
还好，风没进你的窗

003

谛听，内心的花开
寻找，旧庭院里的栀子花
听秋风，弹奏时光留影中的琴瑟
不经意间，想起你

回忆

回忆，以后的回忆
不只是回忆

只要你来过

一场雪后，我多么希望把过去
永久冷藏

草木枯萎，花叶凋残
难道是为了第二个春天的到来吗

只要你来过，我的山川、湖泊就有了故事
就是放眼月亮之上，如今还依旧洋溢着爱的光艳

无论物是人非，抑或怎样时过境迁
我的爱，我的情，我的依恋永恒

诗意，写满生活的悠长
今夜的酒香，是我人生最惬意的一个场

变换的冷暖，总是带着记忆
思恋的翅膀，迎着你飞翔

我不想说爱

摇起船桨，荡漾着心潮
到湖心
面对爱，我锁上了靠近的勇气

一只蝴蝶，飞进我的窗口
它很美
离我很近，伸手就能抓住
我却没敢靠前
恨说，天生胆小鬼

不是习惯了孤孤单单，我知道
心中早就有了你的位置
可我又知道，我是一匹历经沙场的老马
少了当年的莽撞

我不想说爱，不是不爱
而是
已爱到骨子里

谁能读懂，我这疯子的诗

一夜无声，再次拿出手机
叩响你的门

之前，我幻想过很多理由
是不是喝酒了，是不是喝醉了
是不是累了……
我拷问自己：是不是哪里说错什么话了
是不是你认为我爱得不深……

失联了！我已正式确认

看着，如这深冬结冰的湖面
一样寂静的手机屏幕
孤独，不安。一秒、一分……十分
从确定失联开始，五小时五十七分
看了六十七次手机

心乱了，我疯了
为何刚闭上眼，眼前全是你的身影
睁开眼，却只有雪花舔舐着我滴泪的心
我不想疯啊！你已占据了我脑海里所有的空间
连我自己想挤进去都找不到丁点缝儿

雪，不懂得我的语言
她能读懂我这疯子的诗吗

一座桥，一把伞，注定相思一生

吹着风，浇着雨
在夜色的石廊桥下，多么希望
今夜带伞的人还是你

早期，那场雨后
总有一道风景，进入我的场里
举手投足间，便俘虏了我的心，勾了我的魂

后来，我把自己打包
投进了你家胡同口的邮筒里，却忘了
给你开启的钥匙

今天，我动了心

看着午后温柔的阳光下
你浅浅的笑容给了，羞涩
我已感觉到了
爱的温馨，和爱的真

我要的不多，只要你陪着我的是年轮
冬去春来，我要好好把思恋封存
不想，午睡起来
爱已走开
那样，我愿一生沉睡不醒

真心的，动了心的爱
付出的是真心
即使，太阳西下

夜的黑
风不停，雨不停，我也愿在风雨中陪你

动心了，手机会开着
有了你，日子里，我会懂得温柔
听，月亮的声音，唱着情歌
唱的是你和我爱的情深

嘘，让我告诉你一个秘密

从远天变得模糊，脑子
开始运转
无非证明画面的存在

一次一次鲜活，跃入眼帘
有一种冲动
在某个瞬间迸发，无法言说

早已把月光捞起，轻轻地放在湖的冰面
夜空里的星星
忽闪忽闪着眼睛，暗示你的到来

你看着我，星星看着你
路灯，羞涩
风，拨动琴弦——弹奏爱的小夜曲

你看着我很近，我看着你很远
夜下的黑
把萤火虫挡在了夜的外滩

你家窗口那盏灯一直亮着

站在鸟儿的背上唱情歌

若不是叫早的鸟儿天天都是这个时候喊我
即使太阳早已钻进我的被窝
我仍然沉醉于你的梦里

你说我有个睡懒觉的习惯
其实，这不能怪我
如果你不入我的梦，如果你在梦里不待那么久
我不早醒了吗

我说过我每天都是想早起床的
我还说过我想起得比叫早的鸟儿还早
为了做到这一点，我昨晚根本没有睡觉

前半宿，我一直想着起早的事儿
后半宿，我一直想着今儿个起早了要给你唱一首歌
我还想一定站在每天叫早的那只鸟儿的背上为你唱一首歌

天亮了，我真的起早了
天亮了，我真地站在了鸟儿的背上为你唱歌
只是，我还是在梦里

情诗不是给你给谁

当雪如潮水一样漫过花田
漫过那夜色下的一场花事
我爬到山顶，翻阅着手机里已经被日子煮熟了的
情诗给你

情诗不是给你给谁
你是山上雪莲，望着你水汪汪的眼眸
我把心中的情语
化作那山间灵动的炊烟飞到你的窗下
成为一道靓丽的风景
你是湖中一朵莲，与月色翩翩起舞
我的心，落在夜色阑珊处把耳朵叫醒
再揽一缕幽香，把爱
嵌在我们的故事里

情诗不是给你给谁
你是我今生注定的遇见
沿着诗的平仄一行，一行
踩着爱的鼓点一步，一步
让时间定格在这一刻，让爱植入心底

爱的挽歌

让夜色在瘦了的秋风中东张西觑

夜色，暗淡
属于自己的肉身，已不多
一幅即将被掏空的皮囊，在秋风萧瑟中漂浮着
缺憾，生命里的余热
注视着一片一片落叶，将一堆一堆词语
钉在平庸的生活里

宿命，敲响教堂的钟声
水般苍凉。痛一次，却微笑着
或是选择沉默
朝着乡愁的方位，吟唱
儿时的歌谣，却读不懂标点
风啸，暮色。父亲的背影变得模糊起来

把酒举过头顶
让记忆中的炊烟，嫁接在远天的那片火烧云上
等待
那最后一次约请
虽说，是蓄谋已久的，不是突发事件
却，唯见西风拂过，湖里波纹招摇

棱角，失了色泽
月色阴冷，秋风瘦长
试问人间情仇爱恨，可将其包裹，轻放
缕缕筝线，几画笔

游人离绪，点点愁
夜色，在瘦了的秋风里翘首张望……

想你

想你，迫不及待
在爱河里
我不想做浮萍，或者草叶
我愿是一只船，载着你行进在美丽的月色里

想你，紧贴车窗
一片湛蓝的天空，怡人的景视而不见
心中，只有你
四月江南的柳，深冬北方的雪
只把你，写进我的日记里

想你，是春风的默许
感念桃花
让思想发芽，我读懂了五月的心事
情感，两端落入了城池
许下两情依依

思念，跟着月亮走

今夜，月色中
我把思念再次提上了日程

那皎洁的月光缓缓地揉进了花影
在风中花语呢喃
成了我一阕诗意温婉的主题
我已习惯了你缠绵的呼吸

和在月光里与你聆听夜的心事

一杯茶品着寂寞与柔情
一首诗吟诵温情和期许
让思念枕着今晚的月色把心事挂在浩瀚的星空
让一抹浅笑和红尘凝香抵达彼此的梦里

一朵花，一把伞，一段情，一世念

爱你，没有对与错

爱你，我愿是一个长不大的孩子
让爱恋的春雨滋润你亮丽的人生
让不老的青春经营拥有你阳光的岁月

生命，守着阳光争艳的时刻
日记里的寂寞，因你而含着微笑
潮湿的心间，因我而被风干
笔尖，凝结着过往的美丽
故事，把我和你挥墨成诗
诗的每一行，诗的每一列，都是灵魂深处的缠绵
不只是用旋律书写的和弦，是用你的心，我的心
是用你的爱，我的爱画的一个圈

常想，爱上你是我的错
常想，爱上我是你的错
也许，在上辈子
你和我都是匆匆而过的影子
在相互的窗前滑过
可却在记忆里埋下了一颗地雷
在这个没有理由的时候，炸开了
爱的缘和分

亦是如此，你和我
注定纠缠一生

爱你，没有理由
爱你，没有对错
就这样，唱着爱你的歌
就这样，写着爱你的诗……

我不说，我爱你

我很含蓄
不会常常把爱挂在嘴边
天天对你说我如何如何爱你

我很真诚
爱你，是真心，是真爱
不是脱口而出的言语
也不只是心底的心语
我爱你，会为你付出一切
我的眼里，只有你
我的心，属于你
我的血肉，我的灵魂，都归你

不需要言语，彼此已是生命的一部分
除了你
再也没有人能走进我的生命里
不用说，我爱你
雨天，晴天
我就是你手中的一把伞
一路护着你
我不说，我爱你
……因为我太在乎你

我，爱你

我爱你，你是我生命里今生注定
最重要的部分
无须千言万语，无须两相厮守
你已占据我心灵的全部
与你相遇，与你相知，与你相爱，与你相拥
早已植入我的心底
并且已是一片绿草茵茵

你的身影，你的灵与肉已渗入我的血液
控制着我的每一根神经
你已扎根在我的脑海里
我的梦境里，我的心湖里，我的歌声里
曾经，我们一起走过的路
曾经，我们一起看过的景
就是被时光的河流冲淡，记忆也会清晰如初
不怕风再急，不管雨很大
风尘路上有我有你，就不怕日升月落的交替

即使没有承诺
你和我照样会编织着美好憧憬的未来
不可以怀疑，爱不会丢失
如夜之燃烧的火把，即便燃烧完结
火焰随着灰灭而消失
爱已融入空气里
它无处不在，把你包围，把你宠信

我的爱没有改变
一直以来，用不同的方式爱你
我用赤子之心，把爱凝聚指尖

弹奏你和我美的和弦

我把痴情，交给时间，交给距离，交给现实

让所有问题因爱而解

太多的故事，包裹着人性

当黑夜吞噬着你所看到的星光

孤独寂寞蚕食心之深处

你一定能感到我就在身旁

有我，一切安好

在时光里的爱

一把刻刀不只刻下了年轮

还刻下了你和我的爱恋

难忘，初次牵手的悸动

难忘，熟知热恋，几多感动，刻骨铭心

难忘，你和我，在春日里播下一粒种子

难忘，你和我精心培育，呵护

让它尽情享受爱的光和热

吸收生的给养，长成枝叶茂盛的树

行进，只要是那个对的方向

就能找到不一样的风景

行进，雨天是爱的季节

烟雨里伞下十指紧扣

你和我赏着风景，风景赏着你和我

行进，踏过千山蹚过万水

你和我看着天上月，月在天上看着你和我眸里含情

行进，渐渐地你和我定格在时光里

桃花，红

青春的韶华，定格在打情骂俏的季节
笑容，灿了山川大地
月半墙，回廊。谁人，曾经独领风骚
谁人，只闻风雨声

谁家女子，趴在四月的肩头
谁家女子，在烟雨楼台中倚门而立

诗。三千里麦浪，浪不过枝头桃红
吻。意象中，你看着我，我看着你

心湖

湿了的心，在落日前挂在鱼的翅下
天空，变成了一面镜子

湖波，不代表奢望
只是，你在他的心湖里模糊了

很久，很久
风在湖岸，久久守候
他只希望，你款款走来

懂你，不是远处
心尖与心尖相距咫尺，倚靠码头
等你归航

林中，有鸟鸣

似你的温柔，在夏日的林中
摇曳着树的影
荡起心灵的丝滑

轻吻着，无处歇息的思绪
在你的眉眼中，和着
琴瑟和鸣诗行
将一斜阳的余晖，让尘世的疲惫
在你怀里抹去

你轻轻地呼唤着我的名字
自然，我的笑容一直没有离开你的轴线
栀子花的香，银杏叶的甜
悄然，勾起了丝丝恋爱的情愫
可圈可点，伸手可触摸的羽毛在流光里
给我柔软，给我浪漫

今夜，很美

灯光，在温馨里醉
你，光洁的美在此时最迷人

生活，让你的双手不再光滑
岁月，染白了缕缕青丝
那个丁香般的姑娘，已把自己嵌入了
滚滚红尘的流年里

灵动的眼眸，将我眼前

幻影中的凌乱抹平，挥动在夜风

此时，夜很美

爱，只有你

一只酒杯，轻碰
另一只酒杯。绯红的香气旋转在
爱的七彩光焰里

铺满快意的浪漫
捕捉激情的演绎
心占有与被占有都在唇吻里

属于独属
是唯一。轻声耳语和柔情蜜意
都在这一抹自然的气息里

给予一个快门
定格。让距离的度量
渐渐地呈现在心跳的窃窃私语里

小心脏，嫩嫩的
一个确幸，一个期冀，一次激动
爱，只给你

组诗：爱的挽歌

001

雨落是否会勾起山峦的花叶与你我

那些泛黄的往事
耳朵里萦绕的，梦里的光阴还是那一首顽皮的歌吗
几多情，如这雨的音符
丝丝飘着恰如你一样撒着欢儿一样的，恋

云朵，白。有栀子花的醇香
诗意的修辞，跳下。真的，不适宜虚拟
请允许我，今夜不请自来

002

来到院坝，望着风与空气对话
一颗心，颤动
在一裘烟云里，漫步林间典雅
叹寂寥叶脉飘落几许，几承世事沧桑

抚摸弥漫浓情软语气息
翻阅发霉诗韵。愁绪，孤灯影里飘荡
生命之火，燃烧
爱情呢？枫叶红了相思，寄往何处
是谁在夜色中开始谋划

抽光日子，剥夺泪腺
忧伤，眷恋
几时填满，苍穹深不可测的黑洞
星稀，月淡，霜浓

003

听，空气中已压抑的心灵
悲悲，戚戚。谁能明白，这诡异的情愫是不是爱情

现在是初冬
原生的山野逆行的动物寻找，抗争
冷冷的风，飘零的雪，会把内心放到何处
坏消息，好消息
天黑了，天亮了
意识是否还在，我是否还在你的梦里

行将远心远乎
折叠的日子，隐藏着你的容颜
如果待到来年冰雪消融时你还在吗

004

幻思，幻影
一盏残灯，让一条坚实的河被今夜
放在了火炉上，烧烤着
把你的肉体、灵魂一起撕得支离破碎
吻唇，鲜活的
却被赤裸地撕下了曾经被爱意贴上的标签

远处，我
用男人僵硬的头颅，供奉着泪水
在你的窗前低首

005

躺在，一块坚硬的石头上
看着远天夜色的柔软，我寻找最直白的载体
至于北山，至于南岸
至于桃花红，至于杏花黄
都是不舍的。缘灭，缘起，几诗行

给诗歌一个葬礼？韶华过后
我也会融进云烟中
虚拟的，真实的，令人晕厥的祷词，不管多么从容
情花，情毒，上辈子，这辈子。蝉鸣，蛙声起
躲几时缘，躲几时分，能否温馨，春能否飘逸

006

赤裸，已老
日子，把我变得越来越干瘪
碾压、灼烧、锻切
挂在电线杆上让时间消磨我的记忆
既无益于你，也无益于我

峰峦如幕，是你开启
那些被我反复写过的诗，是否被你
遗忘在了夜光下的林子里
这杂草丛生的感情啊！可知否你身旁会几时花落
几时花开

我给春天发出一条信息
句子普通，也无诗意，只因我想鸣叫
只因我如蝉一样痴情
望星空，我要听懂此时星星们的一些话语

007

一枚叶子，划过
心尖。天穹，一组丢失的语言
重组，似乎要竭力拉近我们的距离
聚焦。赤裸的世界
湾头灯火涤荡着人性的惊艳

曲目的流溪敲打着夜里的孤独
反射眼睛。搜寻着黎明

一面镜子，在水深处等候
梅花里，你留下翅膀的痕迹
粉饰了我云桥的风景还在
一卷烟，一片云，我睡梦中

008

别回头。山峦重叠，彰显了的搁浅
爱的眼眸已经太匆匆
沙哑的海潮，过客莫问
身前，身后，贪婪的芦花，白了头
画一笔圣坛里一蕊烛花或许能在雨中拉响往事的风铃

一张纸，碎了
划过膝盖飘落到了脚下

009

饮下，最后一滴不剩
夜露，已干。这些即将枯竭的山草
何时眼前突兀再见
诉说只能默默承受这一切是否皆有可能需要
多少次。然后捏一下自己的照片，头像不错
是否这里还有诗和远方

秋的周末

夜草在星空下眨着疲劳的眼
曾经的笑容，在一湾流溪的枯竭中消逝

几只隐形的鸟，入了昔年的墙画
那发黄的诗笺
在四面楚歌中，蜷缩于院南角
听犬吠的声音，低沉
禁锢的咒语，以另一种姿态发声
关于八月的感叹，天空深处
云朵已悄然卷走熟了的情思，把寂寞飘然落下
抚摸心的那一颤，虚拟的一隅
浸过潮湿的柔软，一个音符不由得拉得老长

赤子情怀

CHI ZI QING HUAI

山水，情满家园

长城组歌

（一）七月，登长城断想

001

一只鸟，嗷嗷待哺。在母亲的怀抱
竖起耳朵，听风的呼唤

在七月里，登长城
峪口。一把剑，一杆枪，在岁月的长河里
打马过来

002

古褐色天空，不曾老去
拄着拐杖数星星
太多的影子蜷缩在暗地，丢失在镜子的后面

行进。似乎又听到集结号
朝着山的背向，让眼里掀起浪花
想枕着青砖的古韵，打包
一枚血红的烟火……

003

七月。有雨
大自然施了魔法。云朵在山峦演奏乐曲
缕缕炊烟，在日子中盛开着花朵

一幅画，是小学课本里的
日子重叠了。就像溪水一样向下个方位流去
拐弯处，却
没有隐没

004

我生在此地。曾与上天交谈
而上天却喜欢沉默
好在生命里的每一个细胞
都长着反骨

"不到长城非好汉"
上到峰顶。在七月里
我不是一个客居者，用不着在人群里寻找自己

005

一路上，一些有关联的事物
与无关联的事物
魂系

（二）长城雄风

长城的风

风过千年，情愫
依旧。灵魂的引力，向上，向上
企图挣脱三界
以至于萌动的心透过几许幻影，冷冷的
游弋于起伏的山岭中

那些险隘口
几多嘶吼，几许悲欢，还在风中回荡
蹲踞荒莽
已长出老茧的藤蔓让眼眉挥霍着心痛
落叶，飘舞
在摇堕的岁月里入梦惆怅
三维世间的空间站里，是否可以
找到二维平面视角中那孟姜女的痴守

唏嘘后
头上的白云成了一篇无字天书
我是否可以用一首情诗去丈量你的情感
你的厚度，是否还需要掩饰那半截矮了的城墙

耳朵里，已成了茧的诗束
怎么入了——不——眠——的——夜

长城瘦了

虽然，长城的肉体消瘦了

但是，它的骨骼却是很硬气

虽然，历经烽火焚烧的城墙
已是，斑驳、残垣断壁
虽然，历经暴风雨奸淫的山峦
呈现出一片萧索、荒芜……
然而，在我们心跳加速平和后
能从中悟出：长城，依然是风骨傲然

女儿说：长城，就像暮年的爷爷

烽火台

建造在灵魂之上
或是隐忍一粒火种，燃烧
游者——在台前，或坐，或睡，或向上缓行
在秦砖汉瓦碎片中的空气里，吁吁
母亲——被一朵桃花映在脸上，月光似霜
月光，洗涤精血
我——热血沸腾，像雪里的红梅
嫣红染没了萧然
此时，我看到父亲在城头高喊——
城外，有暴风来

女儿的灵感

紧贴着长城的城墙行走
我是为了更好地挖掘，写诗的灵感
抚摸墙砖，是为了触摸它的心跳
感受它的思想，灵魂，精神
时而抚摸城墙上长出的野草
是为了聆听它们的呼吸声，呐喊声，哭声，叹息声女儿走到一棵从墙根砖缝隙里长出的无名树前，说——
爸，你看，这棵树像不像课本里的孟姜女
我也要写一首诗，诗题——
孟姜女的痴守

量化

穿过海平面，直达
长城峰巅。媳妇问我
海拔，能丈量长城的高度吗？
我回答：不能

去过山海关，到过
嘉峪关。女儿问我
可以实地丈量长城的长度吗？
我说：不能

书上说，泰山之重不在于
它的实际重量。那么
长城的重量呢？媳妇、女儿同时问我
我往长城上一指，你们听——
"长江，长城，黄山，黄河，在我心中重千斤……"

长城上，一群少年
正在合唱《我的中国心》

（三）长城吟

001

走进长城，我把自己挂在您的肩上

苦思冥想

山峦，疯狂地奔跑
愤怒，喘息

操纵着历史，与时代的影像
它，还吟唱着春

夏
秋
冬
不一样的诗和远方

002

我吟诵这古韵的平仄，和新时代的梦想
畅想着您胸怀的伟大和宽广

您很疮痍，您很悲壮

一万二千六百公里的云和月
道不尽，昨天，今天，和明天的倔强

有人说，您胖了
有人说，您瘦了
我说，您拥有的是不屈的脊梁

003

我站在道德的天平上，您是
我头上的太阳

我想抚摸您每一块肌肉
我想拥抱您每一块骨骼
让故事里的约定，回归故里
让顶峰成为我理想的桃花源，和我梦的希冀

我站在您的峰顶
心游弋于山峦的起伏，与悲壮

我听见孟姜女在喊诗人的名字
我听见脚下的方砖在呼唤着我的名字
并说着
您
的
虔诚

004

一阵风，搅乱了山草的梦
一个巨大的磁场捆绑了，我的手与脚

我不想，您在风雨后
再挤出一抹嫣红
我不想，您醉在"赞扬"的辞藻里
摘下面具

让阳光洗涤人们的思想，与灵魂吧

扯下一片云彩
遮盖在长城的峰尖
让断壁残垣，不再与娇艳和娇媚碰撞

我走一路小径

划一条清晰的红线
让太阳，让月亮，让桃红的三月与八月的果香
占据心仪吧
让岁月，感知明艳

我不走过场

005

不想太纠结，趁我还没有疯的时候
对您说——
与昨天告别吧！爱谁是谁，爱谁是诗人

您，就是您
您古老，您年轻，您将继续芳华绝代

一个巨大的旋涡，与诱惑
让我曾跨进您梦里的时代

我本不想惊动您
我也封锁了思维的航道，连所有通信都断绝了

可您的眼神，飘过热烈
那一个个烽火台，还在俯视着
四
方

006

光的火焰，向着天空的苍穹

您如火龙吐出焰红的火舌，熔化了
与光的内心
让——
世界看到自己的筋络与血管
让——
那些飘浮在黑夜里的虚无
让——
被上帝遗弃的灵魂
在这个境之世界，一起重生吧

007

梦想嫁接时代，让沧海桑田
盛开一朵朵青春的花

黄河组章

001

夜宿黄河口，写下一组
零星的断章

002

夜宿黄河口
几多时，望星星，脉络，沸腾

滚动的，跳动的
不只是看见的，和没看见的
涌动，心房的不只是冲动
更多的是心灵，和灵魂被敲打

被敲打着，敲打着……
时空与时空的对白，不需言语
那热泪，那泥沙，那咆哮
那悲悯，那苍茫，那灾害，那水患
千帆背影离去怅惘，望北斗
把历史，与现实举过头上方

003

夜宿黄河口
望昆仑，白云悠悠，光照万里
黄河九曲
十八，九十九道弯
如，前进的脚步，曲曲折折
生活的家园，既充满风和日丽
又伴随雨冷霜飞……
岁月啊！在危急的关口
让，奇迹如雨后的春笋
花开四季，果压枝头
日子，如花火

004

夜宿黄河口
今夜——在光阴里，痴等
今夜——瘦了，思念与相思

寂寞，在过去的
和没过去，和未来的年华
和年代里

梦啊！瓣瓣花香

和瓜熟蒂落
等啊！老了容颜，成了不朽的羁绊
等啊！小径，蒿草成荒，也锁不住对您爱的痴狂

005

夜宿黄河口
望坝头的港湾，月
如同，和我
一起躺在我们伟大的祖国
母亲，您的怀抱

母亲，博大的胸怀
还有伟大的慈母之爱
还有浪滔天的雄伟
如一巨人
筑起我们民族千百年来的豪情

006

夜宿黄河口
看那黄河水一路狂涛
气势恢宏的壮阔

黄河水啊
喂养中华儿女的坚韧，和风骨

007

夜宿黄河口
和，风一起依偎在——
伟大母亲的臂弯里

美，不只是您那些粗犷，和雄浑
您——
将绿树、蓝天、白云统统纳入宽广的怀抱
让那黄澄澄、金光闪闪的古铜色
也——
形成一道独特的风景

008

夜宿黄河口
更多的时候，我感到
您——
如一首最美的情诗
您把您的爱
您把您的情
您把您的所有，都贡献给了您的儿女们

009

夜宿黄河口
我想了很多，很多……

您——
曾狂放地欢笑过，也曾哭过

您——
泪流，汹涌澎湃
可是泪流过了，您更懂得爱的珍贵

010

夜宿黄河口
我亲切地感受到高山与大海是您的姐妹
日月星辰是您的兄弟

您——
从盘古开天的斧声中诞生
一路奔腾浩瀚带领我们向前进……
您——
豪情壮志，铸就了一往无前和前赴后继
您——
统揽大地山川，书写着无数的不朽和奇迹

011

夜宿黄河口
我还体会到了，那花语飘香的景

这是一个爱的梦影啊

这花香
这夜——鸟——鸣
这晨——蝶舞——舞蹁跹
还有这栀子花，如绝美的女孩

我执着地认定
这——花语漫漫
会叫我隐藏的爱泛滥，成灾

012

夜宿黄河口
这——
纯真的痴，暖暖的爱
这——
梦啊！落水草间，滚落成露珠
这——
笑啊！栖在您的风情里

013

夜宿黄河口
我在您的情诗里

组诗：乡村诗歌

大学生村官

推开雨的窗，逆向
以青春之名
点燃梦想，放歌山乡
让旖旎的春色更加娇艳，烂漫

从山里的毛毡房走出
已登上城市的高楼
却又要返回原点——用"叛逆"的骂声
去丈量农家孩子内心的善良

风月弄雨，霓虹曼妙……

心的朝向，谁解？
只有山村富裕了，才是你成功的标志

天鹅来了

一只，两只，三只
一群天鹅从远处飞来
它是跟着你一起来的吗？

你把千里之外的天鹅湖
搬进了我的家园——沙河流域
那时我还在梦里！天鹅轻叩窗
让我从梦里的美景走进了现实的美景里

吻了！浓荫碧翠，花影弄月
听了！风声，雨声，云霞的嬉戏声
置身箫声和古筝的流韵，划过心河
这春的妖娆
这秋的撒娇
让思绪沐浴典雅与浪漫……

惊喜，惊艳
仿佛，我一下子走进了童话世界

返乡农民

一个候久了的场
一个久违了的词
在荒凉了的土地上，露出了笑脸
返乡的农民
沐浴在春光里，喊响了熟悉的号子

翻地，播种。机耕，人作
山色，天空，在这三月里焕然一新
女人，蹚过溪水
紧跟在男人的身后，放飞梦想与心情
把一脸红霞和喜悦盛进男人的酒壶里

这女人和男人
打包山村油亮的古铜色
吟唱《春曲》描绘《春图》
诗人也下得场来，浑厚地亮嗓
让峡谷里荡起涟漪，一片

星光里的夜

环绕山村的炊烟，不在
村口守夜
星光下的明亮，开启了天然气的新时代

楼宇间，传出几声犬吠
声音洪亮
一阵风啸后，鼓乐声
翻过大街灯火的璀璨与冬夜的寒潮
覆盖了早些年里
那"麻将""牌九"中的吵闹声

只因成了主角

激情，四射
青春里特写，刷屏
烙印里
农家的生活，还有直播带货……
逐浪新潮，火了

如火如荼的日子

沸腾了

鸡的鸣叫也比原来动听

山村里缕缕炊烟如一袭轻柔的白纱

挽着希望的梦，袅袅升腾

开满三月的油菜花

俊俏，黄嫩

鸡蛋，鸭蛋，山珍，海产品……成熟的主播

不再低头，不再羞涩，昂首地

接受荧屏里你的检阅，和

深情的拥抱

幸福的笑声

走出了弯弯的山村小路

激动的光闪烁，着彩

真实而动人

只因，今天的农家妹子

也成了主角

诗歌，住进了农家

走进农家，沐浴

在春风里。不是品茗一盅香茶

咀嚼几缕春意富盈，一枕美梦

院坝上，缤纷的石桌面

韵律碰在一起。生活已进入唐诗宋词里

作诗，吟对，替代了昨日的

海阔天空，摆起龙门阵

崭新的生活，似酒

酣甜，芬芳

诗，已不是"小众文化"
诗歌，住进了
新时代的农家

组诗：一条河流的变迁与遐想

引首

月，映照千年
一幅长卷舒展。凭感觉，你有心事满满

风的招手。拉近了我们的距离
让水的流向，把你想说的词汇淌入我的眼眸

变迁。"变"与"不变"，不是下载一个混音的软件

我们面对面，我们背对背
在这座城市里
我们一起拥有
时空之内，时空之外
我们逆水行舟，我们顺风纵马

汹涌和平静，燃烧着
残柳、枯荷、浊浪、污泥……与日子昏耗
流泻

呵护亘古

浩瀚。一条巨大的游龙俯卧

让城市的芬芳，静谧
春、夏、秋、冬，呵护亘古。倚风啸而伴
历经沧桑。让多少壮哉铿锵，书写汗青华章

追忆垂柳影里，让雕像裸露
云朵里。看一群羊迎着水波的婀娜多姿，尽洒涟漪

款款深情，在古褐色的朦胧诗意里
把桨声和春色
融为一体。让城池向世人告白

物象中的"变迁"融入了浑浊

五月。伤情。本是繁花似锦
鸟语花香。却蝇飞蚊舞

沉默。岁月的荣辱，让——
时间回流。物象中的"变迁"融入了浑浊
天使折羽。在靠"资源"发展的时代
矿山"尾矿砂"，城市"污浊"、垃圾……
让这座城市的人民，在灾难里摇曳
在时间与空间背对背的断层里
隐喻着的诗意
有了病句

以至于——某某年，你有了挥霍的一笔

气势磅礴地醒来

醒来。当雪覆盖的日子燃烧后
一片火红的温暖。前所未有

情景和想象的一样。情怀就是大地的情怀
"一班人"在春风拂柳，河床醒来时
身体里一个新的命题也苏醒了。一幅崭新的画卷
在满天的星光里形成

一道光，划过天空。"治标""治本"在潮润的蛐蛐叫声中
流经灵魂
太阳——在城市的六点钟方向冉冉升起
清理河道、治理矿山……在"三山两川"城市板块上
气势磅礴
青山，绿水。和着旅游、采风、观光、垂钓、休闲……
唱一曲和弦，悠扬

你仰望天空，倾听城市健康发展的心跳
笑了。笑开了花

遐想

沿着你——一条河的流向
我看到了七彩的花
绿色树木，干净、明亮的河水
相对于——这座城市的坚韧
这座城市人民的坚持
让你——有了生命的色彩
让我——诗人的诗梦
如你——一条河流回到了一个青绿的梦
鲜活

组诗：马兰峪的春天

001

一声召唤，几多呐喊
从远古而来
史籍于汉唐，垣建于明初
是在乎
以先河的昭告
更在乎
把幸福种在创新的路上
把幸福种在春天里

002

沿着山野
梨花的白、杏花的红、栗花的香
沿着溪涧、河滩
蜿蜒而行的涓涓清流
走进
风情万种的马兰峪

我着迷了
以诗歌的名义
我不想用唐诗宋词来赞你的古老
那一座古镇的爱与被爱，和
宫殿级的辉煌
正在被时代的画笔绘制一幅春天的图画
枝头的喜鹊
正用高亢的旋律叫醒冬眠的尘土

这一缕风，一片云霞，一阵花雨
正染色着村镇的古雅，与
现代文明的魅力

003

楼宇，飘在天上
工艺，在于专注

站在，马兰河桥头
不远处的视野里，跳动着"蟠龙"星光
之花火
古城的沃土
沉淀、震撼着古老的文明
皇家的烟火
在长夜星空中燃烧着时代的精彩
国礼"和美"纯银丝巾果盘，是
马兰峪人，之
思想，从历史的长河飞向一个真实的美梦
把"皇家造办"的典范，注入
灵魂，与人性
书写大国工匠精神，之
辉煌

004

夜，落在
丰腴的身体里。站在
马兰峪府君山之巅
饱食山村的霓虹
不只是灯火阑珊，而是政府打造美丽乡村的一个点

这山村，在夜的

静逸中。被光的闪烁

掀起层层波的涟漪

彩色的艳丽，与

青春，之

燃烧的火焰

在歌声、风味小吃和杂货摊的叫卖声、人们欢笑声中

如走红地毯一样，庄严、高贵、浪漫

欢乐的山村

迸溅出智慧的火花

镇长说："这，只是一个起点……"

书记说："让文化活起来，让文化

富起来……经营……致富……"

005

行在山村的街道上

听着石头的歌声，旋律

来自十公里外的河沟、滩头

还有那一道道围墙，和几多土地

那高大的柳树、核桃树……

为了这宽广的街道，倒下，倒下

志愿者，一个、十个、百个、千个……

来自领导、干部的带头

炊烟袅袅，听从于

生命的召唤

女人，男人，青壮工；老人、孩子……

人们把奉献融入没有雾霾、没有浮尘的春天

拥抱着心爱的美人，拥抱着幸福

让蝴蝶在花色中，翩翩起舞

让秀发成熟、迷人，如诗歌，娉婷而来

006

行船到岸，泊下的
不是船。启航，一直在路上

人才库、兰阳书院、满族文化博物馆、满族饮食文化……
春天，马兰峪的春天
正如一个春风里轻歌曼舞的女人
用一片一片飞絮在三月的回廊里朗诵
写着自己名字的诗篇
而我，一个诗人
把祝福寄托于浅浅的诗行
静待一场，花开

红荷湿地，以一个诗词爱好者的名义懂你

一屋粉蝶，绝世无双
手捻荷花蕊
轻弹一曲"滕州"风光
重新归整
这些年在外漂泊的船儿
帆上的破碎，以至于
每次都有感觉：我已偏离了航向

朵朵白云，落在
炊烟上。母亲告诉我：幸福，是甜的
喧腾，是湖水的金光和花红的艳触动了
我的认知
这诗意的美，不是诗语的修辞

一个复数，不是
一个复数加另一个复数，就将至善至美
"苍凉，呜咽，哀鸣；硝烟四起，吞噬星空……
刘洪……芳林嫂……铁道游击队；日伪军……"
这些，这些
不是用文字的喂养，就能弄懂什么是进化论

我不想
见老者垂首，身边小狗只知道摇尾巴
我不想
做一个画家，我画不出你的神韵
我也不想
以一个诗人的名义，用诗歌赞美你
我要
以诗词爱好者的名义，爱你，痛你
读懂你

抗震纪念碑

在英雄的雕像前
读到了空气中
血液的流向。支撑起唐山皮影乐亭大鼓和评剧
与鸟鸣的和弦

鲜红。注入碑石
拥有了一个一个鲜活的灵魂
青砖红瓦。月季花
芳华里无日不在春风
把我的诗歌，赋予了崭新的生命
我置身在极致的美中

大地痉挛

曾撕裂了母亲裸露的身体

使山川的呜咽落入混沌的风雨里

英雄——擎起人定胜天的旗帜

把——七月的太阳托起24万蒙难者的灵魂

让安详和欲望

走进新生的炊烟里

摇曳。风的方向

昂首，以擎天的姿势按下回车键

足以让诗人，遗憾：不能写出你死与生的台词

组诗：行在荡口古镇里

荡口古镇的静谧

纷繁，诱惑

你宛若处子。安宁，淡泊

一个人的夜空，可以

涉足每一寸土地。踏着吴歌

乘坐乌篷船，串一串江南柔情

义庄的义字，还在

鹅湖的水，清澈

即使夜色撩人的霓虹，也是古朴

喧嚣，不能把你打败

行在荡口古镇，让你

享受难见的静谧

石板街上的回声

踢踏！踢踏！光着脚丫
也能把青石板磨出厚厚的茧。以至于千百年来
古镇的石板街一直没有变化

历史沉淀下的点点斑驳，显得有些沧桑
根植于血肉的骨骼
经历过风雨霜雪，仍保留着曾经的刚性和韧度
还常常在夜的黑里抬起头望着开着灯的窗
拔节生长

鬓发回归，在这古色古香古韵古味
以及荡口的水流的氛围里
一扫夏日的燥热
以至于返家还常以伏地草的姿势，匍匐着
打开引擎，搜索。一次又一次
按下回车键，刷新。一次又一次
总有一个声音把耳朵喊醒：踢踏，踢踏……
不知是自己的脚步声，还是谁的脚步声想与我对话

听清楚了
这是——
我遗留在荡口古镇弄堂里石板街上的回声

组诗：沙石峪的精神引领时代风骚

这里

晨
一缕风，伸展着节奏
热的浪潮里
书写着
这里人们幸福的模样

这里的人们，在春色里舞蹈
让天空，大地与人合拍合韵
演绎生命体里的和谐经典
风景里，行进的符号，已唱标梦想之旅

他和他

001

十里荒芜
九里乱石岗
石头，是火做的
太阳，被烤熟了
人，成了烙铁
土如珍珠，水如油
鸟栖山崖，皮毛千疮百孔
生命的轮回里
不能扑向死亡
他一声呐喊，泰山移

意志血刃"荒蛮"
大锤，钢钎，叮当铁铲铸造灵魂
"穿山——愚公洞""凿石——蓄水池"
"扁担——挑起两座山"
创造了——
"万里千担一亩田
青石板上创高产"
……

002

一根小棒，接过来
重千斤
在这条跑道上，只有起跑线
没有终点
责任、传承——发展、创新
让男人的血，火红的热血
燃起生命的灯火

山腰——他一直看着
山里——他几度思索

发展浪潮
催生暴利
靠山吃山
炸山卖石
谈何"绿水青山……"
担起担子，换思路扬起新帆
以"红"扶"绿"，以"绿"推"红"
保住"米粮川"，建起"花果山"

你看，如今是

林木苍翠葱郁
瓜果梨桃，一派生机盎然

她和他们

001

雪花飞舞
烈日灼烤
她带领女民兵们舞动青春

这些女人们
让炊烟早起
舞动男人一样坚实的身体
扁担挑起梦想
造土——收割幸福的微笑

这些女人们
肤色，褐色
体魄，男人一样强健
用身体里的血红，缔造朝霞
舞出温暖

这些女人们
岁月的花朵
如火焰，烧得山村啪啪爆响

002

冰寒雪冷
赤日炎炎

他们恪守守护祖国领土的神圣职责

他们如松柏之挺拔
屹立边防哨卡
冰层下，压不住奔涌的激情
炽热的胸膛可以融化一切
用青春和热血丈量祖国的领土
一寸不能丢

军号悠扬
军歌嘹亮
吟唱无私
吟唱奉献
袅袅炊烟
云青水澹
军人是他们的名字
不逝的青春书写着最美的诗和远方

003

她是母亲
他们是她的三个儿子
两代人奉行"土地是人类生存的命根子"
为了创造土地
为了捍卫祖国领土的完整
她和他们奉献着青春和生命

这里的石头有灵性

一双深邃的眼
与你对视
古褐色的车辙，在阳光与雨露的打磨下

更改了行进的轨迹

青石板上，辉煌
已成为历史的一笔
经过自然界的洗礼，锻造
一片新的彩色蓝图

这里的石头有灵性
它不仅有生命
还如百灵鸟儿一样会唱歌
它捍卫着这片沃土，点缀着人们
美好的生活
自然的美，让居家园林
在风光里吟诵着时代的
弦音

它啊
有如同钻石一样高贵的品质和价值
它已——终成大器

这里的姑娘比葡萄更醉人

从车窗，朝
这片连片山连山的葡萄园看去
那粒粒嫩嫩的葡萄
煞是喜人

在葡萄园——朝山村里
那窗户里隐瞒了风光的姑娘看去
那姑娘比这馋馋的葡萄还美
还诱人

环村公路
环抱着这个美丽的山村
这里的葡萄，这里的姑娘
如一幅画，如一首诗，如一篇散文
画，艳丽；诗，生命中的最美；文，抒情！

这里啊
醉了来这里的男人和女人

西塘，写意

我与你干杯。是在千年以前
小桥流水，湿了弄堂
醉倒烟雨，唯有杜康
与诗对话，不只是在平平仄仄里
八面风骚：街，人。李白，杜甫，白居易
和我。在水中央

青石板，不再呻吟
渡口的扁舟，不再喘息
楼台少女，不再娇羞
……

一束光，划过天际
让无根越角振臂一呼，展翅翱翔
……

西塘，写意。落落大方
一个浣衣女子
悠然。说着这个春天的故事

走进马尔康

一个亘古的传说是伫立经年的印痕
从冉陇到秦汉，从唐宋到明清
白云飘洒，苍穹下劲风如火苗
与日月同辉。梭磨河
水的流向，向下向上，向上向下
奔舞、狂泄，那沧浪水如乳
书写着壮美和豪迈

跨过岁月，走进深处的呼吸
羊群簇拥，骏马驰欢，杜鹃花醉卧怀春的夜
让深谙世事的山石，不再矜持与沉默
还有那沐浴阳光，寨口的老人和孩子
忘了辈分，嬉戏、追逐着山涧的云朵

藏文、经书，在圣洁的心灵、灵魂深处
虔诚膜拜。土碉、土司官寨
记载着遥远的故事，却感到
就在眼前如一个慈祥的老人，轻抚着我
说着不只是他们的事

一朵花红，还有这如火如荼的五月
最美的风景里，是藏胞的热情

梭磨河

向西，向西。喊一亮嗓
醉了夕阳
古琴，古韵。轻弹平平仄仄

和弦悠扬

一种命格的绚烂，让我在
自然界鬼斧神工的水墨丹青里迷失
如霞。杜鹃花开的春天
似画。五彩树林的秋日
还有。一簇簇一丛丛绿肥红灿的场
与河面，流光浅醉
血红，相映

点状断章，一泓清流
让我读懂了你生命的内涵和柔情

鸭绿江断桥

云层中
海鸥飞处，一段故事
还在
叙述着哀鸣
怒吼的江水，在千层浪中长啸
战争，与和平
在老人和孩子们的心中
热血沸腾

钢的断碴
不只是撕裂的痛，看见血淋淋
是一个定格的烙痕，永恒的锻造
你看那屹立不倒的桥墩，正是
顶天的脊梁

站在桥上，断桥上
我们今天续写历史，起点

在这里，终点
也在这里

赶海人

以潮落的为进
再现青春的呐喊，喂养生命

以诗歌的欢笑揣着希望
让匍匐的身子，扎紧心跳
每一日骨质中的疼痛，饱食着咸咸的欣喜
在你没有文字的田字格里，予以
生活的一个舞台

之所以"一二一"的坚守，倔强
是你朴实得以勤劳诠释一场——
诗人的感慨，和争议

组诗：生命，停止在失去节拍的音符里

垂钓

坐，断桥
一老翁在垂钓什么？童年、中年、老年，儿孙……

夕阳，如鱼线
细长，细长。
心，随着鱼鳔在微风中颤动

长长的鱼线的另一头

鱼鳔下
有一弯多情的诱饵

解剖

喜欢在眼泪哭干时解剖自己
把身体揉捏成一个面团儿，像是
在锅台做刀削面一样，一刀一刀削
有时又拿出一把砍刀，像是
在案板上剁排骨一样，咔咔的
最多的时候，是小心翼翼地
如切一块易碎的豆腐

不管，有人在什么地方发出赞叹和唏嘘

丈量

用拐杖，敲打
节拍。开办一场在掌声中收官的音乐会

爱了的，痛了的
活得美滋滋的，活得凄凄切切的
都把它写进这首曲子里

用曲子，之
旋律。丈量生命的厚度

土地

踩着坚硬的地方
脚心灼痛
当年的河流，已被厚厚的乱石覆盖

老屋，很老
旧时的农具在院角锈迹斑斑
日头、月光，交替复述：谁与谁，谁谁谁
曾经，曾经，什么，什么

南坡下
山草丛中，是谁死了亲人丢在
当年金黄的麦地里

谁是我

面对镜子，常说
很像。在用手触摸后感到很陌生

试图抓住
利用剩下的生命，小心地把镜子打开
一次一次辨析，直到最后
却，无言以对

俯下身子，耳
低垂
听到两个人的脚步声

组诗：在枕边酣睡的情感

老地方

熟了的，不只是满山的酸枣
还有那一直住在岸边长椅上的等待

几许时，一首诗。诗人写的，不是虚构
前世今生的爱情
已揭示了你和她死活不承认的谎言
在时光的词典里
若，最终完不成定义下的使命
那一定是因为你们忽视了——老地方的存在

密码

走过的山山水水，总是带着疑问
那白的光，那夜的黑
还有那城市的霓虹，和噪声
十万个为什么，问天，问地，问阳光雨露，问日月星辰
迷，一直未解开。密码，难道会丢失在故乡的日子里

心灵的呼唤

山的术语，不一定诗人会听不懂它
村庄之上，一缕炊烟还在
只是不知道坝上那棵歪脖树上的空巢
会在几时落下

站在城市的肩头
好像一个没娘的孩子，在这个冬天
能否把自己交给晨来的那片阳光

故乡，冬天里是否也包裹着一轮太阳

组诗：静坐禅房，拾起一串遗落的光阴

一盏灯

在青花瓷里，已转身
逃离了故事的结尾

夜里，打更的人走进了梦里
让我将一枚石子
放在出村的路口

母亲在一块空地上
种了半弯月亮

一条河

在山之北，一条河
借助工匠之手
将我的骨骼雕刻镂空

与梦里不一样。天空
少了些许色彩，和岸边一棵树上
不见了返春的几枚绿叶

在一凹陷的山脚，被河水冲洗的棱角
比当年更明显了
斟满一杯水酒，泪流满面
已苍老的童年，正从远古而来

一间茅舍，在潺潺流水中

慢慢沉睡

命名

来自诗人的灵感，专门给自己
命名

有马蹄声，有山水流动和人们古老的呐喊声
声响之后。一切都处于静态
只是，还在兴奋中

自恋，是一种天性
总是在喝下一坛老酒后，喜欢
在人们面前夸夸其谈

像雾像云又像风。此时，还是
没有看清自己
一团火，烧红了时间，烧焦了岁月
或许一直没有走进心里
或者缘分较浅，还没有
进入自己的世界

遗言

翻阅历史
一纸白笺，落上了许多尘土

坐在禅房，暗渡
仿佛一张老照片，正在经历惊雷河水的洗礼

地上，一堆旧衣服
撕破了黄昏，和谎言中的面包屑

熟悉了夜的黑，有时也在夜的深处
铁青着脸吹起了口哨

一生，没有什么遗产
在遗言里：没有什么留与后人，只有当下
说话的器官留给你

组诗：陌上归人

救赎

火车的轰鸣，在沟壑中经过

见候鸟，奔行在天空深处
见大海，在季节的转角吞噬着迷雾中稀薄的空气
心的厚重，与苍穹的厚重无关
望着天花板，一张迟钝的脸
开始怀疑，身边歪斜着躺倒的躯体
是否还有生命的象征
大地在颤抖，火车像一个孕妇正在分娩
吭哧着、呐喊着，似乎正在消耗最后的力气
朝着心向爬行……

车深处，一位诗人正在用诗的烈酒
和诗的烟斗，救赎着一个梦

捆绑不了的是欲望

捆绑不了的，不只是不安的心
欲望，是夜里的躁动
还有女人那妩媚的双眸，和

一颗早已播下的种子

也许，是早已布下了一个局设了一个台
让你不得坦荡，和坦然
心的流向，不得不改变昨日的青涩
不得不改变河床的裸露，和圣洁

一片羽毛的声响
呼吸着，你与此时的空气

今夜的夜

今夜的夜，柔软了心的坚韧
此时，没有呼吸
此时，没有泪
此时，没有笑
此时，无所等待
此时，无所顾盼
直到月亮钻进云层
直到时空没有超越变格
陌上归人终于感到了，一切都是清晰的
不可道说
静止，在夜的黑里
一切都静止，只有你，和一朵花在微笑

叶落知秋

一个路人，或者叫过客
似风，轻轻而来

一条老街，你走过理所当然
看我诗歌里的盛景

没有丝毫的矫揉造作，只是写实而来

我不是浪漫的诗人
只知道你走过了风和雨
也与阳光在我眼眉前接过吻
你很轻柔，我不敢迷恋你曼妙的身姿

可是，在这渐浓的秋意里
我不想让你离开
你却对我说，离开是为了回来

这一刻，我心恍惚，交织

给爱筑个巢吧

血色的灵魂，与心跳
紧了发条

青春与年少不一定是正比
寒风，雨落，一闪即逝
抓住美好的景致，岂能让不和谐的声音
唱出旋律的琴瑟和鸣

一片城池，是爱的天堂
花朵，不只是开放在春天
只要有阳光的温暖，就会绽放四季，八方开屏

待，一切都静下来，万物都会很美

在这和春雨一起行走的夜

心，已不再
静待一场春雨的到来

一分一秒，等待已过。皮肤和五脏六腑
已变得光亮。切面
如豆腐一样鲜嫩，滴水

一只破壳的瓢虫，一分为二地
区分过去与现在。春天的天气放开了视线

眺望远处。夜下
山野或城市，冲动和令人吃惊的呼声
拢不住银铃般的回音
急行的速度，穿过心灵的碉堡
说不清，谁在推波助澜

开了的窗
夜色所掩盖的心跳，已藏不住了
借着你的脚步声，与雨的声音
我把，一个梦说出口

今夜，雨中，我一直都在

组诗：山雨欲来

黄昏正在老去

黄昏下
一头水牛的影子，如遗物
悬挂在田野的石壁上

隐喻的诗歌
镶嵌在这片黄色的土地里
那些在落日里俯身耕耘生活的人们
正在耕耘自己的暮年

此时，一些青壮年
如诗人一般，不分彼此，正在山外唱响
他们的欢愉与遗憾

一棵古树的表白

一粒种子，是悄悄埋下的希望
诉说三千凡尘。有着许多斑驳的故事
却把它扎进深深的土壤里

看他古老的树根，古老的树干，古老的树冠……
还有他缠满岁月的纹痕
能否读懂他与大地之间的深爱——如母亲与你
缘分，天伦……让灵魂安放
让肉体回归

一粒雨从空中落下

泥土里，花草的种子
跨过冬眠的季节
钻出大地的怀抱。山里的磁场
与爱和母亲的袅袅炊烟有关

一粒雨，从空中落下
春蝉，如你
吟唱中呼应着画眉鸟在枝头的和鸣
惊诧中。万物穿越于
美丽。沉积于
山野之中，孕育生机

水的向度

朝向，水。绝对仰止
如我对大山。我们还一样虔诚

在纤尘陌路中，我和水
惺惜。水来自天上的云朵，我来自大山里
水离开大海，就像我离开大山一样
——都成了漂泊的游子

成了漂泊的游子。母亲就会担心：
"走路要小心，怕你随时会摔倒……"

各取所需

透过夜色的黑
一个人在山野行走。山深处

有兽伴着。想是各取所需

树木已习惯于扔掉发黄的叶子
路成了紫褐色，在冰冷的棺材里躺着
如他家里那只走失了的猫，白骨
已在山涧的水沟里腐烂

惊诧中
他赶紧把夜撕开一个口子，等候
山神传唤

云端里的故事

放假了
我自己给自己放的
走过 36 年的风雨，同舟
云彩——深度比广度显得更重要些

羡慕，嫉妒恨
一条鱼的记忆只有七秒
划过时间的朝向
走进云端过来找茬
为了不被山河的拿捏——所记忆

在云里，看不清物的性别

雨落

滴落窗台的雨
落在空气里。潮湿
心，动

用有一种不动声色的感觉
场所里
是否有些是自己设计的
照片，给你了
发黄了

续上一盏灯
一座城，找一个人陪

组诗：夏日情愫

蝉

已在春梦中醒来。虽未从桃花露滴上
转身。这夏日的风
已吹进蝉鸣的耳朵

柳絮飞扬。把昨日的一片思绪带进黄昏里
浅淡的月光下，他手中的一条鱼
躁动。让蛙田里一双眼睛
扑向一场心事。是设计好的

盈满山涧。片片光影打开了
窗扇。抿一口小酒，在麦穗沉甸甸的相思里
揉搓着蝴蝶扇动翅膀的声音
这时，蝉看到了他的背影

娇艳的牡丹，花开。如蝉
脸上有了夏日一样红红的唇印。在翠荫的小路上
摇曳着草动的影子，和拔节的声音

且，低下头来。剔去一份自我
开始感悟
田园、流水、炊烟，与蝉的气息

雨后

抽出一片叶子，在这夏日的雨后
手掌下。布谷鸟正催着心潮尖叫

所有的故事里，何须遮遮掩掩

已拴牢那故乡的老屋
还有母亲羸弱的躯体
让院子里栽下的一束阳光，溢出心事

田园里的麦穗，开始在胸膛里发芽
让他把骨头里的痛
淹没在隔夜的一场雨里，等风
等花开的声音

种下

扯一把山草，用传统的工艺
编织一个心事
种在风里

一片一片相思，暖暖的
如这夏日的风
挂在阳光里，挂在田间地头
把一封情书塞进有母亲的日子

夜，天堂的灯，很亮

落日下的乡村

走过山丘，整片整片土地
没人会在意它的存在。曾经的良田
让腐烂的树叶吞噬着残喘的山草
一地凄凉，空寂

只有不远处的村庄里
墙上的时钟，嘀嗒，嘀嗒。响着滴泪声

古井

从来没有停止，人们
抚摸、议论。经年这样，人们似乎通过她可以找到
古墓宝藏

和着一个时代的梦
在她的一生中，满目沧桑……岁月斑驳里
一堆白骨，包裹着一个故事

为啥不能让她安静会儿
景象与想象，像飓风一样把她吹上天
汇入电闪雷鸣中
爬高的影子……就这样高高举起

可知，此时
水妖正在井下看着

如果雨不停

如果，有雨不停
那是母亲在唤我。夜的雨一滴一滴地滴打在身上
洗礼。让我的灵魂警醒

丰腴里。炊烟中的雨露
滋养禾苗，茁壮。让青春奔跑在一望无垠的时光之上
使爱的诗笺不再有缺口。屋檐下，燕呢喃

某个清晨。雨后
静待风穿过小巷，追着星子。一个游子走在回家的路上

醒了的风吼

那夜风大。墙角的猫醒着
星光点点。不戴老花镜很难分辨出
它是如何爬上楼宇被风刮到了东南方向

固执的我。站在窗前未动
听不远处湖水波动，混杂着柳树胡乱抽打气流声
如婴儿在啼哭

"要下雨吧?!"病床上的母亲说。那一刻
云动了动。那一刻，我在风吼中
醒来

过弯头遇故人

夏日的花，艳色

湖水湛蓝。与天一色的鸟飞过
他才发现已走过一片弯头的林荫处

光灿中。湖波很美
回避不了这场艳遇中曾经那个人
老去的时光，驻足攀谈。想了想，这些年——
背过身去或者迎面走来
一枚白色的鱼鳔，终于测度了你与他的深度
无须隐喻
欲望里有担当

必须说清楚。这一刻，点燃火焰——
他还不知道
你已不再犹豫

夜里行舟

出仓张望忽闻一夜鸟鸣叫
鲜活的景里
仿佛梦醒了

"每一次心跳加速，都会想起
一个朋友。情绪会是湿漉漉的！"
这么多年的一根刺，扎在咽喉

夜下的岸上
一片坟地像一个设计的场
会有灯光，牵着船头一起震动
没有负重点
更多的时候是一种燃烧来自思念和怀想

一场雨没有下透

若不是被雨水浇湿衣裤
感冒了
他还不知道昨天晚上下雨了

思念，会让一个不善言辞的男人
在夜的雨里，抱着一棵柳树喋喋不休
说着情话
雨，继续下着
情话，继续说着
彼此倾心，彼此凝目
彼此不舍眨眼
以至于他不知道什么时候，雨停了

低头走路的人

大雾弥漫整个山野
许多路人抬头看天，或是停下脚步望着山峦
只有他一直低头赶路
好像这雾大雾小与他没有啥关系一样

路上遇到从山里打柴归来的二大爷
大老远就给他打招呼
"这么大的雾，还进山啊?!"
他只是点了点已低到胸口的头
一只老鹰不知是发现了猎物
还是受到了惊吓
"哇!"一声大叫从头上飞过
他还是低着头继续前行

听说自打他父亲在这条路的深处走失后
他就这样天天在这条路上
低着头一直走着，走着

相守，不只是活着的时候

老村，很老了
一部分人搬迁离开了老村
又一部分人搬迁离开了老村
只有她坚守到最后。那年儿子回家
她最后一次告诉儿子："不是我已看破红尘
我是要与那个久眠山坡的人
相依，相守。"

三十年后，儿子躺在了她的墓地旁
不远处的山涧，一片白花开得正艳

仰止

一茬一茬的人们
陆续离开。如开在山野里的荆条花
花开，花落，了无痕

只有守山人对大山的爱最深

斜阳西下，落风挽起夜色
大地的根系以燃烧为主，在他的青春里
以鲜活为生

仰止，是大山的高度
待羽翼丰满，翱翔于峰峦之巅

每天与阳光一起生息

守候

挂在山峦的阳光
透过流水的倒影。让老人的笑容
灿烂。虽然沧桑

青山蕴藏智慧
百鸟鸣唱，好像是从天上来
老人肩负着
祖先的信念，包括对群山的依恋
对河流的深情
下定决心，不管山外是一个什么样的世界
将以一座雕塑的形象——
虔诚守候

是啊！如果这是一扇门
我会毫不犹豫地走进去吗？会顺便给
老人和林中的鸟雀捎一份午餐吗？

一只猕猴远远地走来，是小跑过来
我在沉思

晴天

故乡的田野，装满阳光
无雨，无风。只有思念、牵挂中的村庄
被炙热烤瘦了
在沸了的空气中若隐若现

故乡的河流细小了，而母亲额上皱纹
在岁月的凿刻中，胖了
成了紫褐色
泛着光，流泻

晴天，是炊烟里升起的希望
晴天，是我淌过爱河里的恋

风从草尖上滑过

晨，走进山色的风
惊了故里
月的朦胧
当风滑过草尖的时候
他经营多年的防线破了
感觉到了心的跳动，加速了

闭上眼睛，思念人儿
如风，轻轻地款款而来
落在心上。一缕茅草伴着花香
弥漫了整个山乡
搅乱了山涧的一池，静谧

一种古老的方言钻出泥土
沉浸在他的脑海里
无法自拔，风鸣
正在一首诗里走出，加入了
他心里的对话

风语，不离不弃

掌心

当太阳西下，落在山的另一面
我就已经感觉到了，掌心里的骨骼
正在撕裂

我听到了，这撕裂声
沉闷！惊心！忪目！这撕裂声
它不如清晨花草拔节时，清脆
沟壑，河流，山脉，豁口中的曲线
正在努力将时间，以及温度
烘烤，或者改写

镜头，放慢。越慢越好
其实，镜头越慢，越痛！如我触摸到的手指
在指尖已找不到了
曾经的琴弦，轻叩

轻叩，曾经
托起我时手掌是那么大，那么有力
还有那一壶老酒，几碟小菜，掌心里的乡愁
是肥沃的
让我感到莫名，感到不安
从这不再柔软，如一根根竹节
敲打着我的头盖骨，让风拉着
可抵付灵魂的什物，我也瘦了

掌心，一点潮湿的证据，怎能
就这样慢慢抹去

与你书

一路向南。微雨之夜，与你书
向往裸泳的童年，写着冬天的故事
花一样盛开，草一样坚毅
山泉，流淌着绿色的荧光

故乡。每一种过程，汇聚在绿叶婆娑中的那一丝惬意
时梦中，升起的是云朵，成为真实
不再是一些流言，和心跳
久了的小院，坐在一个角落看着我
走近一波一波涌进涌出的炊烟
在田野和梦中写出乡愁的诗句

之前，你离我很远
咫尺天涯。如今，你离我很近，天涯咫尺
逐字逐句的诗，敲打着游子心里的距离
相同的母语，在了一个频道

红尘中，正是想要的彼此，极致

故乡是一个动词

回到故乡，我要做的第一件事情
就是揪出潜伏在我夜深处的那个动词

故乡，让我在乡音的包围里
总是在你面前显得语无伦次

当城市的阳光爬上楼宇
我的耳边总有一个声音在环绕
"儿啊！起床了，都日上三竿了！"
每当一个又一个传统节日来临
我在行程安排表里一道一道添加，又
一道一道划去
"好想变成一只雀儿，飞身
到你的膝下觅食！在晨曦里
哪怕做一只你圈养的鸡，可以扯开嗓子
唱响山里的美！"我折一信笺
我要为你写下一首一首情诗

故乡，是一个动词。鱼儿游，鸟儿鸣叫
蝶舞翩翩，炊烟袅袅！舞蹈中
融进几句乡音：
"铁蛋，舞一段儿！狗剩上树啰……"
透过层叠的山林，把我的耳朵叫醒

时光匆匆而去，失于情不自禁
回望，寻找。相融于野菜花的味道
老池塘的流水，布谷鸟的叫声，油菜花地里娃儿们的嬉戏
打麦场地阿婆的笑声
馋着那斜阳下，一老汉烟斗里的五彩画卷

浓郁花香，茂密的松枝柳林……我移步草丛
草丛也是动词啊！草深处一只蚱蜢踩着了我的足迹
我童年的足迹

一个回眸，秋天便成了风景

一切都从那最后一抹秋色开始
我便开始陷入沉思，怀旧

在交错的山野里，红枫、太阳
还有家里的炉火
曾经上演了一出大剧：
一片火红，鲜活
让"我的眼，一定也射出光彩"
它们各自舞动生命的旋律
让梦想，燃烧
让芳华，绽放

秋，妩媚
秋色漫过田野，掬一捧饱满的谷子、高粱、向日葵
开启幸福的扉页
或是落在打谷场那些帅男、靓女的指尖，轻抚
吟诵——
"风清觉时凉，明月天色高
佳人理寒服，万结砧杵劳。"
情诗，缠绵。山野一下子安静了许多
就连那些一向粗犷的男人们谈笑间
都是悄声细语。这风和日丽的清静
刚好

云霞，挂山峦
秋天的景致常常伫立在窗前
我喜欢听秋雨的呢喃，我喜欢听秋风的浅笑
我喜欢在秋天的诗词里，享受李白的浪漫
"江城如画里，山晚望晴空。
两水夹明镜，双桥落彩虹……"
我也喜欢范仲淹《苏幕遮·怀旧》上半片：
"碧云天，黄叶地，秋色连波，波上寒烟翠
山映斜阳天接水，芳草无情，更在斜阳外。"

"悠悠天宇旷,切切故乡情。"归故静默
乡思,几多,乡愁,几多。乡情,几多
回眸,秋色已成风景。登高远眺
荒老,一片。山野空寂,苍凉了
厚厚落叶,层叠的荆棘,枯凄……
我,想。我,好想
弥留在曾经那秋的焰色里,静待
静待来年,花开

组诗:在情感的阳光下,他想把自己灌醉

花开了

雪花,用了一夜的时间
走了。据说是重新钻入了云层
在这个问题上,他不是持有这种观点

更替中,花开了
有桃花、李花、梨花、杏花和玉兰花……
花开是在他早晨醒来之后
散步的时候。花吸引着光和许多人的目光
包括他

在他认为,这些开得正艳的不是鲜花
是他喜欢的雪

一条鱼的记忆

据说,一条鱼的记忆
只有七秒。可他才离开自己一秒
就已把自己忘记。连影子都没有了

那些泛黄的诗笺，和他
泛黄的身影
消瘦了！只是爱情还在情感的边缘
打坐疯痴。随着当下的湖水
在这条鱼七秒内的记忆里荡起涟漪

煽情的风，企图把他喊醒
他就是一条醉了酒的鱼

湖水，是有思想的

纷飞的思绪，随着注入
他心灵上的期许。裸露着肌肤的湖水
湛蓝；不媚，不俗

点缀山川。湖水，澄明
如一面铜镜。让山川在子宫里
徜徉。既伟岸，又不失温软和柔情

湖水，是有"思想"的
睿智、胸怀宽广、富有包容心……
像极了他的母亲。心中的风水，春风拂柳
楚楚动人

垂柳

追念一棵树，柳树
曾经柳树上那长长的丝丝垂柳，纤细
如他母亲的发丝

有一年，柳树被伐倒

有一年，母亲去了天堂

他爱上了北风。北风，表面粗犷，狂卷尘埃
但他曾经让柳树舞蹈，让柳条儿飘逸着美

他追忆那长长的柳条儿，是追忆母亲……

情感线

一根细细的线，贯穿
河的两岸。把他的情和爱铺展

写下独白。就在这个春天
花开的季节，轻抚。情牵
触动眼眸。那一抹霓虹掩不住他
嘴角的笑意。读你

读着阳光，淌进
他的木屋。嵌入一枚痴恋

所以我对她说出心底的热爱

天空的云彩，落在故乡的无名湖口
像极了我在异乡漂泊了数十年后的今天
根系还未深深地扎进泥土。还在漂浮着

一只夜鸟飞过，惊了这城市的霓虹
隐喻多年的相思，这时开始了行所无忌地
撩拨脸颊。虽然言语不多

就让我把心里的那份热爱说出口吧
这时无须隐藏得再深一些，我已不怕了

谁会刺穿我内心的柔软。日月星辰里

此时，老祖屋那棵老槐树
还在守候着日渐衰老的斑驳理由
光秃的枝干还在托起祖先的梦
直到春风吹过，已长得女儿般高的山草
呐喊着，便留下了许多思考

我要说出心底的热爱，只要有我的生命和诗歌存在
我愿是故土，其中一块哪怕是断壁残垣里的基石

故乡啊！我已不想在我的诗歌里
继续留白。我要直言不讳地说出
——心底的热爱

或是与桃花有关的问题

站在十八楼的顶端，吹着风
看着夕阳被拉下了山峦，他感到了
两段路的直径，其实就是越过一座山那么远

就在这个春天，他仿佛变成了另外一个人

当初，他不想看见。山里的星星，月亮
总是躲在云层的后面
就像当初一直躲在老屋屏风后面的父亲
从来没有过跨出山里半步的欲望。举着大山过日子

他不想要父亲那样的胆小、憨厚、木讷，和命中的劫数

但是，现在
已不愿独自一个人飘荡在无边的夜空里

虽然云层很厚实。他看见了
一只蝴蝶，无视山峰的高度
飞过了山梁。山梁那面有它喜欢的一池春绿
还有溪流，还有花海。桃花开了，桃花红了，桃叶绿了
他突然感到全身燥热，他已不想迷失在路上

他望着远天，似乎听到一个声音
来自山里。正在喊着他的乳名
这或许。他想到了一个与桃花有关的问题

他决定，今夜就回山里。他的故乡

故乡的月亮

很欣慰。离开了几十年
你的赤诚之心还是没变。一直守护着他的家园

已老了的祖屋。斑驳的那些故事
暗自成殇。你已不知还有谁去续写
院里那棵古槐树的影子
透过光秃的枝丫，让你在光阴里缄默

家门前的春归路，杂草纵横成一道厚重围墙
太阳的轮廓，只能在某个转角遇见
直到在这个冬天里呼唤出一对翅膀
让春天的故事得以续写
他坐在了月亮之上
终究可以去飞翔。看见了花色，看见了春光

山口的风啸

朝向，一个目标。春风穿过

稠密行云
叫醒沉睡的荒凉。剪下几缕
芳华

一轮月的银光。扮靓
潇潇暮雨中。男人、女人们，终于把遮着盖头的娇羞
撩起

仰望、俯身
绿色的麦浪，倒映着桃花的娇美
一群返乡的青年，正把笑声
砸向山的脊梁上

山口风啸，带来一个春天。这个春天里
枝头已发芽

雪日的后山

今年的天气，雪很少
我走进了一个雪山里的村庄

一老人告诉我，有一年
他们这里雪撒着欢儿地下
很密，很厚。孩子们也撒着欢儿尽情地玩
滚雪球，打雪仗，堆雪人……
一位父亲在后山，堆了一个自己

如今，只要下雪
山里人就会告诉孩子们：雪后，千万不要进后山玩耍

距离

一根手杖，丈量着
思念成河的往事
溢满秋池。柔软的，爱的心田
花语，在芸芸众生中无言
一叶小舟，停靠彼岸
斑驳的心，早已搁浅。意念回复
雨中，谁借我一把伞

游子吟，诗给你了咯
暮年，谁来访？星月中独影阑珊
谁叫我喜欢你却不懂花香的意义何在
粗茶淡饭中
布衣，坊下。小酒几许
岸落夕头，晚风下归巢的翅膀扑棱
叙说，缠绵

游戏，淑女的瞳孔下朱唇亲启
寻觅尘封的窗里
是否还有一些不甘和叛逆
走近了，远

露天电影

一个镜头，走进去了
站在风月的街口
很难收紧心的颤动，虚实交错的
让夜黑提着灯，击溃无际的相思

爱恋，让夜的月影
搬上荧幕
一缕微风的叹息声，谁让谁收留
轻抚，是否已把心安放在老墙外的角落
生物链，顶端
是否有我的名字
一个旧陶罐溢满鸟鸣
几缕胶片，烙印在心口
照片里，唱秋

落花，有流水
谁欠谁几个鼓点，演绎着风骨
还有，你是否会对我置若罔闻
走不出的光影，可以有黑与白
几枝春桃，能否撩起旧时光
临水，花容
就用闪电，换去黑夜里的寂寞
成就灯影下烛光里的摇曳

而这些淘气的事，最令我念念不忘的
应该不是在电影里的定格，动画
我的版本中，是乐乐呵呵里裸露的痴情
对我爱恨交加的，总是在蓦然回首时
写的一首情诗

山谷里，幽幽
夜露，唱了一曲红尘吻戏
白衣少年的方寸之地里，感动的瞬间
戳穿了泪腺

组诗：一个场坝的男人和女人

场坝

一个场坝，不大不小
正好装下一家人的日子。它在老屋后坎

男人的双手，在这个场里
不断地划出一道一道圆圆的弧线
让生活在阳光下洗礼、晾晒
使谷粒金黄，沉甸甸的
喂饱无尽的欢畅。让幸福，归仓

女人说，这个场是男人设计的

月挂山头

倚栏，极目
月挂山头。心的潮头，被灵魂碰撞声惊醒

"不知天上宫阙，今夕是何年?"

男人，马灯丈量田野
女人，油灯拨弄寂寞……
场坝上，难道月光被诗人揉碎了
穿过苍茫，能否找到相思的脉络

爬上泥巴墙
溶解逝去的时间和空间。突见远处炊烟下
灶膛，火红。听，月洒泻的声音清脆

一决雌雄

确切地说，在六月的场坝
中午，男人女人和一只猫与阳光对峙
他们说要一决雌雄

他们试图穿过楼宇的截面，目光里
燃烧的火焰，血红。沸了的心
把他们的思想、灵魂，灼烤。焦糊味，很浓
直到夕阳西下。转身了
他们想，把肉身交出去。也许
留下的只是虚无

对峙结束。只有月光蜷缩在草垛
闭目神思

组诗：欲望的抵达，是一部痴恋的乡愁

一束马蹄花，在夜里疯长

荒废的夜色，很漫长
抽象的情书：总是在榆叶梅落下最后一片叶子
才会注入你的信笺上
娟秀的字体像春天的一个动词

也许这是爱情成长的经历
在一个周末的不经意间
一滴泪珠进入了逆时针的朝向
风羽，向着南边出了远门

是迎春花的芬芳，入了熟悉的味道
顺着你的方向，我看见了一束马蹄花
在暗夜里疯长

频道

一个梦，在山谷里
做了许多年
常常地想，时间和空间
与你和他之间的距离和界限
是否在一个频道上

故事，发生在村口
一只拴在老槐树上的老山羊
疼痛的炎症，让一匹狼嗅到了血淋淋的呼吸
远处，庄稼地里
它以一棵松树的形象站稳了脚跟
你箭一般地奔出……

生命和灵魂

在生活的叫卖声中
我不用去聆听下雪的声音
麦苗的呢喃，羊群的呼唤
不做命格的仆从，不怕天使折羽：
"从'猫耳洞'里走来
从'军官'的身份走来扑下身子
步入'精准扶贫'，寻找'共同富裕'的路子……"
"你不是'诗人'，没有华丽的辞藻
却写出了一首'千古绝唱'
支撑起一个大写的人生……"

敬仰和相思

四肢，喜欢寻找坐标
黄土和星际。常常触碰到最深处的忧伤

喜欢用一把尺子，计算那夜鸟
飞行的路。还用手机记录下它们孤独的身影
喜欢在熄灯后，默默地站在窗前
想用目光测量星光与大地的距离
却忽视了前山峰峦的高度

当太阳经过屋顶
小心地，谨慎地，轻抚一下身体
触电感觉，像是被其摄了魂
以至于诗人的笔砚，生养出许多文字
湿漉漉的空气，灌注到山里
扎进了，深深的小树林
春天，蝴蝶飞进了村口
春雨，让那片紫荆花花蕊里生养出月芽儿
一个持笛的唱者施了魔法
萤火虫，唱了一季的小曲

风雨，彩虹
天气预报说，这年头雨水很多
尤其是到了夏季，雨水总把夜色紧紧包围
河堤，被淹没了
村子，被淹没了
蝴蝶的翅膀，也被淹了
起飞，翕动。淡粉色的爪子怎能抓住空气中的粼光
夜里，只见一双手托起一个人……
悲哉，壮哉……你被写进街头巷尾的故事里

你是一个女人
你是一个小女人
你身上那坚韧、健硕的反骨，告诉我
你就是一首诗，一首壮美的史诗
你倒下了，却把不朽的灵魂雕刻在不朽的诗章里

今夜的风，今夜的雨
今夜再大的风，今夜再大的雨
也阻止不了我对你的敬仰和相思

碧绿，歌声

一只鸟，飞进春天
田野的生活，诗韵满满

阳光，流泻
碧绿的曲子，神奇、动听
恰如故乡那条赤裸的小河
潺潺，湿了我的眼眸

模仿炊烟的柔情，和
晨风的纤巧
在欲望的悸动中，描绘着
乡村的符号
听到了父亲的竹笛声

或是在蛙声中，我把
月光的倒影
融进城市的霓虹
日子，在扫过二维码之后
读出了胡须的长度，与硬度

百灵鸟的歌声
仍在梦里，伴着

一个梦的丰硕，在乡音里
一次一次潮涨潮落
我把碧绿的时光，拥进怀里
情不自禁

组诗：此时，乡愁已嵌入夜的风里

故乡的一条无名河

水的流向，向上
是昂首么
是要把自己交给上苍么
舍去肉身，与贪恋
灵魂，留下。记住了
还得把嘴巴上的胡须，留下

莫让，今夜的诗词感到羞愧
又痛苦
莫让，满屋子的白色
笼罩在夜的黑里
爆炸了，会
山一程，水一程

老了，如当年见到父亲一样
弯着腰，手里的烟杆
笔直、硬气

诗歌的原创不是我

熟悉，亲切
那弯弯的青石板路，已不在了
或是人已走了
路，改变了朝向

桥，还在
虽然，桥下水已干多年
虽然，桥已多年无人问津
已习惯了伤感的它，还是精气神十足
仿佛，我又听到了那骑在牛背上的牧童
从桥南的山坳里传来悠扬的竹笛声

我想写诗了
写一曲《乡愁》，我知道诗歌的原创不是我

乡愁

把灵魂写在烟里
吸进肺。几声咳嗽把一只鸟震飞了

炊烟袅袅，是否在意
几许离愁
写在了村口那老槐树上的诗，落了几许
斑斑点点。风啸声，穿过茂密的草丛
见到几棵麦苗。笑曰：客从何处来

乡音，染白了嘴上的胡茬

路人甲

一马叫，惊了
一座城池。夜半敲门声吵醒了
春梦，无痕

树的形状，各异
灵魂内部的映像，投射在山峦
是给她和她们自己看
夜色闭上眼睛，无边际的幻想
来自身体的焦躁和不安，压进日光的斑驳光线

问题。不仅写在了脸上
六十岁的年龄
铆入泥土。让根须朝着黎明太阳升起的方向
扎下，扎下

绿色的瓜果，金色的麦浪
映灿了，微笑

组诗：挽留与尘世有关的想象

等待一个漫长冬天之后的春

说阳光洒落在山的外面，我
深信不疑。在太阳落山那一刻
我就知道了
虽然，那个时候你什么也没有告诉我

避开秋天最后的扫荡，叶还是全部

散落在泥土上。你走的时候我没有去送你
只是让我的笛子送出了一段儿独奏，清吹

我已坦白了。落叶一样的命运
正瑟瑟地躲在角落，等待着
又一个漫长冬天之后的春

早晨的阳光已明码标价

不知从什么时候开始
我就准备为早晨的阳光明码标价了

在天空的广场，合理地安排了这一场约会
碰撞着、碰撞着，碰撞出了爱的伟大
把诗歌照亮
把真理照亮

日子燃烧，是要记录点什么

比如这
起风后，下雨后，阳光下的尘世
舞蹈着一整天，舞蹈着春夏秋冬
疯狂地舞蹈着
又比如
天色总是晴朗，映照下的细碎，如沙粒
皎洁，剔透
又比如
我站在窗前，看窗外你走过的脚印，清晰
扫一下二维码，价格合理，性价比高

如我此刻正写着的诗

沿岸这晨光透过那片柳林，看见
有一群麻雀飞过
羽毛上的光点，沐浴着惬意的笑

母亲说
早晨的村庄，真美

十四岁的午后

雨水，漫过午后
一座桥坍塌了。正好屋前那棵树倒下时
比母亲放羊回家要早一些
"那年母亲十四岁，十四岁的母亲
常在山上放羊！"
这是经过多年后，母亲告诉你的

又过了多年，一种声音
再次响起。那年你十四岁
"那天，母亲赶场还在回家的路上！"
"那天，天没有下雨！"
你放学回家紧盯着天上的太阳，突然
你听到桥梁断裂的声音，如五月里
午后的蝉，在嘶鸣

"等老了，我死了，就把我的骨灰撒到河里吧！"
儿子十四岁那年，一个午后
你对他说

秋风吹过

路过高处。喜欢把幻想洗白
如月圆之夜，皎洁的光透过树冠

落在院坝的露台，映照心思
剔透，晶莹

一个老男人，混在孩子中间
看了看曾经留下的脚印
然后，在做梦的时候把身子侧向滑入另一个山峦

这时，一缕风开始打磨着秋的
潜台词

组诗：草原即景

入了草原

土豆，不愿败于季节。生长的速度
如后面跟来的车队嗖嗖地，快啊
坑洼的泥土路，尘土飞扬
没有风。只有车辙的压痕
咏颂正义
试图用文字来表达
车的后视镜里，一双眼睛入了
一个万花筒里。让一组名词、动词
在这个即将进入的草原深处疯长
动辄被一声巨响惊醒，打搅了——
一群牛午休的梦。血管扩张，对视天空深处
我想呐喊——
一种燃烧的味道来自一棵树上的一只鸟
带着倦意擦肩而过。如一牧牛人
似有火星从他的眼睛里
落下
高空里，纵横交错的电线吱嘎作响

缩到一阴凉处，看这炙烤的原野
想那牛背上的蚊蝇，不知有何感想

热的浪，悬挂在头顶

太阳，裸露着发达的胸肌
似火盆于我的头上。把热的浪直泻而下
仿佛要把我和我梦的草原灼伤

久久，站在白云与大地之间
与夏日的放肆，对峙。我抚摸着烤全羊的焦糊
把一支香烟点燃

然后，我用一缕烟丈量天空的距离

和太阳对峙

支起一个盲点，在草原
一群牛靠在斜坡上，昂头。一如既往
和太阳对峙。它们交出了青草
交出了水
无视？牧牛人，择一阴凉处
灵魂，很难潇洒

几只不知名的鸟，在低空飞着

太阳，在草尖上跳舞

起风了，莫怪诗人轻佻
偷看，草原上
太阳在草尖上跳舞
蝶舞，风鸣。草的清香夹杂着

阳光的味道，疯了

经意不经意间，回首
忘记日子
世俗

一缕炊烟在远处升起

夜的色

夜的色，倒影中
和我与风在一起舞动
触动了延伸的眸。顺便写一封信
寄与爱情

拾一把草叶，和那撩人的嫩绿

滴落，是谜一样的芳香
馋馋的摇曳，让——
今夜的空气，和我如篝火中月亮的脸
粉红，娇色中
追逐，夜下风情

入伏之夜

浓稠的热浪，把事物都包围起来
栖柱在云端的空气滴落
有一种烤焦的糊味，染色

公路上，白天的一道刹车印痕
还在他的伤口滴血
层层加码日子，在夜的脚手架上

没有风吹过
汗味，着实刺鼻。他想起了父亲的味道

情愫，是缓缓的雾
朦朦胧胧的他
感觉他已成了一团雾气
潮湿的眼
画面中，母亲的窗户映着月色
光是燥热的。脑电波里
是他走不出乡愁的讯息

一滴汗，滴在了
他异乡的泪里。这入伏的夜
他，盼着
回家的早晨

组诗：大山深处有人家

001

家，他的家，准确地说
是在大山深处

几十年梦回，几十年走进
却一直是在梦里。三岁的女儿说：
"大山里有春天吗？比我们城里的春天长吗？"
"我也不知道。"他说

母亲告诉过他：
"大山里的春天，夏天，秋天，都很短。春天就是
春雨落下的那么一瞬间。夏天就是

太阳穿过丛林照射到脸颊上的那么一瞬间。秋天就是
树上的叶子落到地面的那么一瞬间。"
那么冬天呢？冬天很长。他知道

母亲说过，那年冬天雪一直下，准确地说
雪是从仲秋就开始下，一直下到第二年仲春
仲春，太阳出来了，雪融化了……他们寨子
近千人全部迁移到山外，可是他的父亲却
永远地留在了山里

002

大山深处，一片
荒芜。少有人会注意它的存在

树叶，腐烂
山草，吞噬着残喘的暗夜
没有鸟鸣，没有虫叫
山野空寂，凄凉

只有矮墙内
墙上的时钟，嘀嗒，嘀嗒

组诗：在树洞里仰望时光

001

继续对白，从昨夜的雨，今夜的雪
谈到宿命，谈到一条藤蔓翻过院墙
院坝草丛一抹红，醉了山冲的疏影

一曲童谣，在空中一丝震颤
与笑声抚过落叶
生活里，一盏青灯把外面的时光淹没在夜色里
撩人的身影，却不曾远离

有羊群穿过，留下潜伏一冬的谎言与虚构的故事
还有这春天的语速，就像落在屋檐下的雨滴
滴滴答答，滴滴答答，滴滴答答
破碎，破碎。听到有人在我的身体里走来走去

透彻，寒暄的人家
与一只鸟说着谁与谁的是非
唱着荒腔的我，把荒原别在裤腰带上
端起不宽不窄的肩膀，用一个表情写下一个名字
雕刻在洞口。一个少年，一截心事，一段瘦弱的光阴

一团水渍，将一些意象罗列
打着灯笼，高举火把；弯下腰肢，趴在地上、床脚下……
一朵花，点亮了清晨，遇见了你

霞光和乡音，在时光里挤满
彩色的恋情，住下。人静时，情话，轻吐

002

风，无语
我知道，谁就在那里
月，无光
人性的弱点，就是在这个时候最为侥幸
画，一个圈
圈来圈去，圈不住我这颗躁动的心

长，芽子了
弃了的纸屑，浮现出一张脸
诗，设计的
平平仄仄平平仄，却没有下文的仄仄平平仄仄平

春，一切艳色中
第一只蝴蝶飞出，不是喜欢花红是喜欢自己
唱，和声里
伸出手臂，为一场东风和自己做一笔交易

天，亮了
仰望阳光，我喜欢在树洞里

003

是否可以
在一个鸡窝里，雕刻经纬
坐南朝北，轮廓，执着于黑色

是否可以
燃烧贫瘠与荒芜的字眼
开始酝酿一场心事
用枯糙消瘦的双手掐灭烟蒂

是否可以
向上，向上，抚摸身体的高处
向下，向下，让骨头在生命的深处生根发芽

手腕处的伤疤，晾晒斑驳的记忆
曾经的忧伤，是否还在岁月里风蚀过去的美好
还是让轻柔，在嘴唇上
印出，一朵朵催春的情花

时光，如一幅老了的画
血色点燃灵魂的摆渡人
祈求太阳，不要弃我在风中游荡于缥缈
一杯浊酒，是否会醉了那流逝的光阴里

在指尖上的火种
距离对于你的认知，在于
屋脊之上，倒挂着随风起舞的一声鸟鸣
泪水中，一起长大与长眠

一缕秋色穿过我的身体

离这场风，越来越近。以至于
来不及躲避。醒来时你已穿过我的身体

天空，淡色。曾挂在树梢的几分妖娆
失落在秋雨里
山峦的太阳，视线被雨帘挡住了
巢里的雏鸟叽叽喳喳地鸣叫
让这秋色更加显得消瘦，凄凉
让这在外的游子增添了几分惆怅与无助

月亮，关帘
老远地躲在了云层里
像当年的我，羞羞答答
"碧纱秋月，梧桐夜雨
几回无寐。"此番，秋色入
开启了心门。我入了你的
相思，听——
雨来了，秋雨唱吟爱的音符
是我对你爱的寄语

今夜，一缕秋色
入了我梦的翅膀，与乡愁

一枚心事

旧了。放出去的一枚心事
又原路返回了。四十年的足迹
还是昨天一样清晰

一座老屋，还在
总是半夜或黎明
听到那个苍老的咳嗽声
如嘶哑的鸟鸣，从山涧掠过
虽然，只是一个回声

夜的潮湿，依然
月光。总是半明半暗
落在屋里，落在手心，还是温暖的
墙上那张童年的照片，早已不见了
也许落在了风雪里，连影子都
没有留下

记忆很深
墙上挂照片那颗钉子
父亲拄着拐杖，钉上去的
仿佛看到了父亲，还是当年一样苍老
"走吧！想了——
就回。家，是你永远的港湾！"
父亲的话，在耳边响起

通过印象里的眼眸，把

一枚心事，打包。收入这
秋月的诗行里，寻一湾头
安放

此时，一缕光正在大街上赤裸地行走

在回家的路上，踩着秋风
呼哧，呼哧，紧跟着心向的躁动
幻觉里，城市的街道有田野青蛙在鸣叫

夜色老长，老长
尽力梳理脑海中的记忆
斑驳陆离的影像中，模糊不清
开裆裤，过家家，壮士一去兮……
山野村夫，隐士高人，君子有成人之美……
忽然，进入状态。新的语境里注入了乡思乡愁
入骨，很深

与你为伍，在这夜的黑
还没有苏醒之前，我想保持沉默
用一首诗倾注岁月的所有，写下
心灵的静怡，让挣扎与痴心
为爱作证

不必，如此畏惧
看到街道里的黑。正如
不必，如此畏惧
看到你的眼睛。星光里
闪烁，正在以弧线的方式
沉沦

烈日在宜宾街头悬挂

此时。万里无云
只有烈日在宜宾的街头悬挂
宜宾人已注意到了，头顶开始冒烟
还有一股毛发的焦糊味
夹杂着酒中烈焰，浓浓的

此地。街道几乎无人
出门像烧烤，掐不灭的热浪
和矗立在热浪里，那万众瞩目的宜宾华侨城
用极度乞求的目光
望着煞白煞白的街道
和那些像是被诅咒过的空气里
曾昂首的楼宇
以及树木
像是泄了气的皮球
耷拉着脑袋

此时。寂寞少声
三江口。方圆百里，流水静态
少见船来往，难有鱼儿游
车马少见动
燕难飞鸟少鸣
唯有，幻觉里
母亲哄睡婴儿的呢喃声穿耳

此时。此地。独酌窗前
见一只猫横卧宜宾街头

注：时日，宜宾友人向我诉说了今年高温时的景象。

今忆起，成诗。

老屋

老屋，在他斑驳的记忆里
图像
已不是那么清晰了
和着父亲的离世
已不只是斜挂在风中那段半壁残垣
还有那一段被淹没的日子

渐渐老去的村庄
水泥、砖头，正一点一点地吞噬着昔日的炊烟
以及那春天艳丽的花色
和秋日土地上那一片一片金黄
以至于
他回家了，却只能怯懦地站在夕阳下
搜索——
是敬仰、是祭奠、是悲痛……还是这时光里
只剩下虚伪

在他的诗里
一开始就注定是一个悲情的故事
跃然纸上
或是已落体了，其灵魂中也非原生态了
百年老屋
他似乎明白了，为何
已遗落到那已填满钢筋水泥的天井里
细细倾听
迎风摇曳在远天处，还有悬挂在桂花树上
那只扑棱着小翅膀的雏鸟
轻声鸣叫

一扇门，咫尺天涯

一扇门的距离
近在咫尺
却又感到是如此遥远，相隔

风吹皱安宁
云朵透过楼檐
收集楼道里散发的光，试图用黑暗
阻隔她和父亲的相拥、相嘱……

时间静止。过道里的医生、护士
穿梭在眼眸
让她用力踮起脚尖
把心贴紧门壁，幻思
幻觉中父亲的倔强，与父亲
总是独自一人默默地与病魔抗争的坚毅
让她在心底多了一份坚信
以至于她想说什么，她什么也没说

皮囊里，包裹久了的灵魂
开始自言自语，疯说
一些飘忽的话儿，长出腿来
在乡野，在公园，在家里的圆桌上
她与父亲一起拉家常，她
如燕子般，轻盈地
落在父亲的掌心

她累了。忽听到门的另一面
父亲在喊——
"艳儿！放心。告诉你母亲，放心！"

"艳儿！起床吃饭了。吃完饭抓紧上学去。"
听到了！她听得真切
她还看到了，父亲正向她走来

"父亲！您会胜利的
病魔不是您的对手……"

她把眼睛挤进门里，看见
父亲竖起两个手指，微笑

五月的田野

五月，雨多，桃花作别
一抹柔情里
留下田坝上那些男男女女剪不断的思绪
让他将孤独染色，成诗

从喧嚣的城市而来。看雨花飞落
弯腰的麦穗，头上镶嵌着金丝
向他示好
款款深情
如你

田野。有一种思念
透过自然界的风景
在一股乳香味的袅袅炊烟中，他看到了
一群蝴蝶簇拥着母亲，向他走来
后面还有一群鸡鸭若隐若现

五月的田野，多情
在五月的田野上镌刻着一个游子的名字

秋

秋，伴着风
山坡坡上，金光闪闪
柿子，石榴，金橘，辉映。压弯了
沧桑的树干，和父亲的腰

晨，秋风里
城市里的早市上，他往返着
啥也没买。他说："瓜果的滴露里
能嗅到太阳香！"

依稀之中，他
听见父亲在说："放心吧！
家里有我——"

醉

雨还在下，窗外
横跨公路，宛如蛇粗的电线上
雨珠儿
互相拥挤着，如傍晚去超市采购
人头挨人头
黑压压一片

他看着
一群喝高了的哥们儿
在沙发上东倒西歪。电视开着
刘和刚的《送战友》，与
哥们儿放屁、磨牙、鼾声，成了这个

生日 Party 的下半场

天亮了，哥们儿走了
从窗外钻进来的太阳叫醒了他
抬眼，发现窗外电线上的雨珠儿
正落下

信

他听到微风里
一个声音传来，起床了
声音不大
千里之外来的

贴紧枕头，泪下
如此熟悉，又如此陌生
谁会懂得，游子的心里永远住着一个人

他深信：山东坡的麦粒
一定比去年的饱满，村南头的西瓜正长势喜人
父亲站在地头，微笑

一阵敲门声，邮递员送来一封信

坐在祖屋门前看日落

祖屋，坐东朝西
故乡的建筑这样的朝向居多

夕阳透过向山的峰峦
为何会让姑娘、小伙们羞涩

连已年迈的母亲脸上也有害臊的一抹红

太久太远的时间和空间，总有一个声音在喊：
"回家！远方的亲人，有一盏灯在家门前一直亮着！"
门前的喜鹊也在不停地鸣叫
鹊桥，已架起

"有儿在家，母亲不看日落，只看儿！"母亲常说
当儿子把母亲弄丢了
坐在祖屋的门前
儿说："要天天看日落，日落里母亲的背影
熟悉，依旧！"

在夜色里，我和自己相约

我不想，以怀旧的方式
在深夜想起自己

我深深地爱着自己，想用最美好的文字
给自己写一首情诗
在夜深空旷的街道，独自一个人听着自己的心跳
仿佛看见街道另一头，一个和自己一样倔强的老人
一样独自一个人听着自己的心跳

学着夜鸟儿一样，在夜色里尖叫一声
从左耳传到右耳，带着风吼
它撕裂着，像是要带走什么

也许，待到天明
街道会一片狼藉，无非是道路上多了几道车辙印
无非是，下雨了，雨水淹没了道旁的铺面
起早的生意人坏了脾气，心有不甘

只是这些事是否会从天而降，说不明白后夜的事

没有不明白的事
无非就是，现在很寂静
我去你留，你留我去
留与不留，去与不去
秋风太折磨人，让我渐渐老去

你是看不见的
就像我在这夜黑里，看不见自己一样
灵魂也是，一个人可以这样看不见自己
躯体安放在了哪里
神和我说，我和我说
对弈，我把自己当作另外一个人

我想醒来，第一眼看见我自己
我没有抛弃我的躯体，不仅在今夜的夜色里
今夜，我只有自己一个人
今夜，我和自己相约
其实，我是在等待凌晨那一道开启我灵魂的门

宽窄人生

KUAN ZHAI REN SHENG

宽与窄

捞月记

在四川有一个"离月亮最近的地方"
月坝村。其实它离月亮一点也不近

"月坝村四面环山
形状就像一轮满月。"村长说
站在村东的山头，俯视
我似乎看到"嫦娥奔月"，聚焦
村中一塘中央，嫦娥正在月宫沐浴

我想起了童伴邻里二小
那日夜黑月出时分，见二小门前塘边
手持一糖饼
我再端详自己手中碗里稀粥
不由心生一计
"二小，你看塘中月亮好看不?"
二小点头。我急忙与他打赌
看谁先把月亮捞上来，赌资为
对方手中食物

二小水性好，纵身入塘
"月亮呢? 哪去了——"
我指着手中的粥碗朝二小道:
"上来吧! 我已捞上来了。"
二小输了，我赢了他手中的糖饼

后来，听说二小当了航天科研人员
参与了"嫦娥三号"的研制

垂钓

抛出钩与鱼无关
只是给生活和爱情画了一个弧度
写下一个计谋

其实人和鱼都不是主角
是饵设了一个局
它撒下了一张网，借浪漫的线
捻碎一江柔情

痴迷与钓鱼无关
脑神经的蠕动恰巧与鱼线的颤抖合拍

不要饵，不要钩，让姜太公感慨
垂钓花落花开

上钩与诗歌无关
期待的眸，充满憧憬
涟漪划过了赤裸裸的笔尖

尘世，阴晴圆缺
钓与被钓
是钓者垂钓鱼儿，还是鱼儿垂钓钓者
诗人只是一个旁观者

在影子里寻找自己

001

走在黑夜里，一直在
寻找。寻找，在影子里寻找自己

寻找着，风忽急忽缓
草垛里，那迷人的清香还有点浓烈
我仿佛走进一本书里
那不远处一座桥上，一些扮相陌生的人
茫然。茫然得有点孤独，如我
我开始怀疑，这灵魂里是否爱过与被爱过
想给心灵戴上眼镜，却发现心灵的风帆已破损
巨轮，只能在苦海中，迷茫着，迷茫着
失去了梦的航向，除了我还有呼吸
在这隔世的空茫里，似乎什么也没有了

002

山峰，颤抖了一下
我可曾还是那个少年，小小的
菊花迎风迎雨迎雪，我在山的路途
对视着冷沙与松柏
与年龄不相称的心比较老成
磨着弯刀，试着砍断自己的发丝

一匹快马奔过，一声嘶鸣惊醒了山魂与水魄
摘下斗笠，山的影子，水的影子，我的影子
似一云烟划过夕阳下的田埂，让已年迈的父亲

惊诧，不已
今天那些摇曳的油菜花，还在我的梦里
像一个人，不是我
垂下，扎根在泥土里

003

人世，在此时已不值得一提
从遥远，从近身，从过往云烟里
我把持着，我把持着要在哪里找到影子里的自己
有时在众目睽睽之下，在空山落日下，在白色的白云下
我感觉到了，我和我的影子已消失到远处
那些在史上最"尬"的穿帮镜头，不计成本不算啥
我要等，我要等我从影子里主动出现
长大了，之后
我要呼唤，呼唤我的衣帽，呼唤我的手脚
呼唤我的身体里的鲜活
回归，回归

004

老了，老了
弯腰了，弯腰了
发稀了，发稀了
那些山涧老了草根，在我的眼前
移动，移动
我的语言，我的文字，我的诗，在我的身体里
抖动，抖动
那走过的路，那前面还将走过的路里
活了，活了

当我凑近它们

发现它们的影子里，居然长得像我

005

路途中，独自
看着自己的影子
这影子里的自己是我吗？还是只是影子……

今夜的黑，从不过问我的爱情

一缕风从窗前漫过，挥一挥手
这与夜的黑无关。如一辆马车从家门前驶过
并未惊动湖水的静谧
只有楼宇孤独的倒影，开始被湖岸秋色
收购
"南湖秋水夜无烟
耐可乘流直上天！"
一句轻吟，跳出耳畔
染色眼眸，随风萦绕。幻见你的背影
慢慢走远

漂泊已久。日子，在经年里消瘦
遗落路上的一些诗句
曾经把我的肉体包裹，直到城市的灯光
都熄灭了
我才解开捆绑的绳索
坐在街边的一个角落
久久地凝视着窗户里的那个人，另一个我
我的窗帘已久不开启，尘埃处
藏着一个一个叹息。欢喜、伤感、失望，以及离愁
都入了夜色，淡然了生活的喧嚣

冬天的时候，喜欢在院坝坐在阳光下
静静地读一本书
书中有你。别人的故事里有许多我们的故事
至于《梦与诗》"醉过才知酒浓
爱过才知情重！"
至于夜深了，一切都已沉睡，包括爱情
从不用去刻意什么
星眸，注视着我继续前行
我没在意。我向来喜欢低头走路，尤其是在夜里
没在乎什么，我不相信眼泪
尤其是激情燃烧之后，空间里
留着的是美。如今回眸那一刻
心依然会悸动

生命，执着
情感中的往昔，随风、随雨、随波……
乡思，乡愁
小桥流水，荷塘月色
伴随着《青春》的旋律，在季节的容颜里
如荷花开落
夜的黑里，轻拾生命的落红
在灯火阑珊处，读你

组诗：断章

拾遗

雪，从山上到山下
一直追着跑。目击你摔倒了
听说再也没有爬起来

多年以后，来到这片雪地
我没有向前跨一步。我想
我只是来掩埋曾经那段荒凉的尘世

虽然，时间之外
语言是沉寂的。一些事物
一直在游荡中

如此

在你看来，发生的一些事
本该如此。一只蝴蝶破茧而出
却又有莫名的愤怒

与囚笼来一场较量
本以为要用几百斤炸药炸开
谁想扇动几下翅膀
牢门就开了

"想为自己鼓掌没来得及
就见一只鹰从头上飞过
向远方飞去！"
后来，你逢人便这样说

就这样，如此而已

路过

我怀疑这是一条路
一直在重复着
孤独，寂寞
寂寞，孤独

好像是一条永远也走不完的路

走进童谣
用古老的传说编制一个梦
就想留住永恒的相依
日落月出间
终会变成风中的尘埃

走过的黑与白
一朵花，一瓣开了，一瓣谢了
我只是路过

山野情丝

过了那栋小屋，是山连着山
却是很荒芜——

少有"青山绿水"，更难见
"白草红叶黄花"
唯有野风，挥毫皴染山野绘卷
和山里人的心事

潮湿的雾，笼罩
老一辈人缥缈的灵魂，在
炊烟袅袅的生活中下沉，下沉——
"他们是为了当下的一句
'躺平'吗?"儿子问

"假如你是我，你会在山里
扎根吗? 假如你是爷爷
你会扒火车，驶向另一座城市吗?"你回答

一个陌生的地方
这个地方的城，和曾经的山野
有着不一样的厚度吗
父亲说——
"城市不重
山野不轻!"

"这选择，是对? 还是错?"
你也常常在想

素与荤

时日
不是到了草原，却见一群羊在山涧吃草

一度
草被经济林所吞噬
草被矿山开采所毁灭

草本植物
不只是羊儿的最爱
低等动物，高等动物
都有专门以吃草本植物为生的种类
它是食物链的自然法则

草被毁灭了
自然法则被打乱了
难道让"食素"动物改"吃荤"吗

滑落

从十八楼窗户滑落，不是我
一盆绿萝，让蓝天轻抚、拥抱

俯瞰，大地一片金黄
金色的阳光下，金色的稻谷、麦穗儿、油菜花
加上落叶的点缀，恰似一片金色的海

仰躺在金色的浪里
步入一个崭新的梦境
无论是昨天的愉悦抑或是悲伤
都可以忘记。像我埋在夜色里的灵魂
找到了另一种自白

那一刻，就在那一刻。我想变成一个花盆
我们好在空中秘密交谈

交出诗歌里清瘦的文字。那一刻，一切静止
包括生与死
一切都将，从容

茫茫的夜色好写诗

月，迷离。茫茫的夜色
笼罩着我继续前行。一个虚词
把我的梦挂在树梢当作礼物
染白的路上，念着曾经写过的情话
让包裹不住的西风，四溢

想象中，秋天的枫叶总是红的
溪涧，叶儿草儿雀儿唱着悠悠的情歌
情，在夜色中缠绵。歌，在风的边际里舞蹈
爱的火焰，燃烧。今夜
有多少酒不醉不归

夜色茫茫中，一对情侣
在诗韵里走过。飘然，浅笑

心上秋

风袭，愁绪。思念
浸湿眸色
浅浅一壶浊酒，杯杯难咽
难咽，杯杯咽

秋叶敲心梦。曾把枝头片片痴
剪辑成怨几缕，情几行
秋落，红豆三粒。夜下
雨色凄清

离人，心上秋
秋，难举。手心朝上
叶屑，在眼里飞

夜间海潮

远远的，远远的
仿佛千军万马，在奔腾、厮杀
鼓噪、呐喊……
天崩地裂

静观，咫尺
床头，时针微动。心，静如死水
没有一丝波澜，也无些许涟漪

弄出点动静吧，你命令

早晨，抛出一枚硬币
发现
地上，布满了烟灰

静坐一会儿

静坐一会儿。望见天空候鸟
飞来飞去
像极了你，从北方而来
终将归去

握紧大自然每一次馈赠
触摸树上附生，伤了内心柔软
漂泊多年
有根乎，自问

镜子

是谁在玻璃上打了一个孔
让你能够这样，自由地
钻来钻去

其实，它是在你心里掏了一个洞
想让你看清自己

组诗：一朵雪花，抚摸着脸颊

001

云，低垂着
一个新的世界的界面，打开
折回。在山坳的裂隙中
仿佛看见天上在发生什么事儿

庭院中，鸟矗立于树杈
低鸣。声音像从某个物体的灵魂深处
钻出来的。幽怨，冗长

一条幽僻的小路，长满了荆棘
空气，混沌。过了很久，我发现
一个身影，很苍老。让我
极度不安。她在雪地里，远远地站着
像是从更远的地方传出一个声音：你过得好吗

打开灯，我看见：远山，一座坟茔
母亲微笑着

002

夜，黑。在这星星熄灭了时
为证明夜的确很黑，老天爷把笑容收起
藏进后山深处的山洞

去了一趟后山，才知道
什么是万丈深渊

母亲，曾经说过：那里是不能去的
那里有妖魔。至于妖魔长得什么样子
母亲没有说

去后山，还因母亲讲的另一个故事
母亲说：那里曾经发生一场血腥……

003

一场雪里，父亲去了后山
就再也没有回来

后来，后山下了一场大雪
一场历史以来最大的雪，那场大雪后
后山就被雪彻底封山了

父亲去世后，我就不喜欢雪了
后来，母亲去世了
在老家这地方
好多年都没有下雪了
不知咋的，我昨夜梦见雪了
雪，好大好大
晨，梦还未醒
就听到雪敲窗儿
仿佛，母亲在隔着门喊话：起床了，看这场雪啊
打开了春日的闸门……

004

少年时，我喜欢雪
喜欢雪的洁白，喜欢雪的柔情
尤其喜欢雪花儿抚摸脸颊，那滋味

那雪花儿随着脸颊滴入口中，那味道
语言，是苍白的。即使写一首很美的诗也表达不了
个中意味之深长

下雪了。久违的雪
我雀跃地奔入院中，如孩童
雪，好美啊！我虔诚地掬一捧雪花儿
把整个脸颊全部埋进
如一头扎进了母亲的怀里
这雪花儿啊
它是传情的线，是从一朵云到一场素白的亲昵
这雪花儿啊
它让它的圣洁，洗净人的身心

005

我感动，在这场雪中
我感动，在微笑中

夜，裸露在梨花落下时

囚禁不了的宿命
为情殇，又是一世痴狂

逃离。童年的往事
从没有想把灵魂洗白，追赶迎春的路上
一直将头颅矗立在三月的枝头

读不懂母亲的沧桑，和埋藏了一冬的痛苦
最纯、最洁白的怒放。早已在山坳里
掩不住圣洁
至今，我仿佛进入了另一个世界

试图抓住什么
只是在夜里，总躁动不安

在长满鱼腥草的田埂，还有田野深处
那孤独的老庙。问
晨风是否吻过花蕊，或是以草丛为天堂
划过回忆
几多飘落的花瓣中，唇语
诉说何物？是否用我这赞念的笔
为您雕刻碑记

错过，一个又一个花期。夜露，用生命
注入草叶的尖上
把我隐藏在岩石底层，让流浆里的白
覆盖恋思里的花容

还是请把我的朝拜，收下
还是请把我的怀思，收下
用一片新叶，为您写诗。不想为您辩护
在这夜裸露在梨花落下时，不知可否
问一问您在哪里
这空旷的岁月里，唯见光阴在尖叫
还有这暮春的湖面，这梨园深处
是否可以在晨来，以一只鸟在少云的空中
化解心中的离愁

梨花开了
那思念梨花的花白，让我在诗人的诗意里
追寻一生爱您的，和您爱的
一束光里的微笑

那梨花的白，如希望里的光

在一个故事的深处，暗流
在寒夜里看过了雪飘。怀着
不再被人嘲笑的裸露，走进有您的记忆

远方，一直很遥远
遥远。一如我久违的爱情，和一个少年的梦
好想如这春月一样多情，向着晨曦的一缕阳光唤醒芬芳

那梨花的花白，如希望里的光
将日月化为永恒。只是
已不记得是谁让一滴朝露出访，被您揽入怀抱
使我朝着风的方向，寻到了
人生目标的走向

今夜，我好想
在这田野上，如昔日：不用独自一个人摇曳着日子
低头，行走

谁动了我的琴弦

踏青的三月，绽放着春的笑容
夜的雨，吐露着淡淡清香
枝头，溢满梨园的飞鸟正在剖析着我这颗
男人的心

这灌下了半斤烧酒的对决，精彩的
不只是云彩和溪水，还有积蓄了一冬的雪白
与月的光华的梨花的花白

独占了这，春的翘头
动了我，相思的琴弦

老屋

一个古老的宅子，是一台
时光机。一声吆喝，低——高——音
悠长，落进山深处

片片茅草儿，块块竹篱笆
木板错落搭制
船型房，无窗。太阳悬挂在树梢
像一个白色的灯笼。几只翠鸟
不远处，轻说着，这古老的故事

那，一次又一次
踩在凳上，向外张望的青春
是否还在村的路口？这远了的守候
不只是这片老屋，还有山脚下
流水，潺潺

一群鸭，独享
山峦的馈赠，忘我地不识玩友
几声犬吠，醒了我斑白的乡愁

夕阳落下，我与老屋
成了一道风景

新生静待

新生静待

一粒果，不知所措
被一只手从落叶里拣出。你的心为之一震

突然冒出一个冲动。像冬眠之后醒来
没有虚伪，只有理性

云雾中，那场葬礼
你记得有人说过不是谁与谁办的

落叶

还未入秋，你就告诉我
落叶是早晚的事。就如某一天
生命走到了尽头，叶脉
当辉煌过

一座茅草屋，把思念拉得老长
承载你爱的思绪，让北风
把夜色深深地烙在了村口的树叶上
一幅画面，入诗
让小鸟把昨天的日子歌唱

风唱着忧伤的童谣，是用枯败
说着腐烂后的重生吗

悄然离去，是内心的一种静态美
而我却独坐窗前，望着秋深处
迎接一场雪

从此

一缕风，摇曳着。青石板上
留下的脚印，落在故事里
轻说

西风，东风，把我的世界
鼓捣成一条一条斑驳的街道
忆起里的事，忆起外的事，是否都在相思里固守
春天的故事会开花吗？影子
倒映在回廊，起起落落

恋歌
在伤逝里，吹奏一曲
遥远的光与影中，有几个听客
假如，马蹄声还没有走远
假如，为我起舞的蝴蝶还在翻飞
我那羞涩的灵魂，也许不再羞涩

溪边，莲荷将幽淡的暗香
传递。红砖白瓦引我上岸
我想我还会沉醉在午夜的琴声里
一个软件，也是感性的
端起酒杯，就会借着醉意走进陌生的小巷
幻舞

琴声，颤抖里
我在一个心跳加快的悬崖

痴等
天晴了，下雨了
夕阳落，月牙升
默默
痴等

过往，已过乎？我想
缘来缘去，缘去缘来
风起，风止，剩下的是否还有
从此

还好
不管从此，还是从此
你只是一个写诗的人

景儿

在多伦草原，一朵云
在牛背上舞动着。怀着一颗虔诚之心
此时的鸟鸣，已悄然把你的相思开启

曾经的面对面，把所有情事
都交给了时间
只是傍晚的峦下多了一轮
皎洁的月
和秋风里几多的惬意

一株草尖的鲜活，把握着机会
忙活着——
"为你熬制愈伤的良药！"
这个季节，蚱蜢喜欢隐伏于草丛
对我说

车辙

走进你的深处，虔诚地
我如一棵草，倒下了，又爬起来

我不愿碰撞你的硬伤。我知道里面有许多故事
有的至今还在流传，千百年来千百年后
有些疼痛，如一部家史应有的碾压
辙痕很深。以至于多年后我还会如现在一样
痴情地看着你

一湾枯黄的亮月
让我昂头，饮下整个的山野
关于车过山峦处那道劲，有你的传说
至今还在，一缕一缕拂着我一根根发丝
我看见了，有鹰俯冲下来，一次次俯冲
我听见了，有流水蠕动
也有泥土的撕裂中，一株株花茎拔节的声音

一座旧房子，里面空空的
微湿潮中，是生锈了么
裂开的泥土与泥土之间的距离
漏下在我的余光里，可以安放一张床吗
秋已到深处，寻一避风地
天气预报说，今夜有霜

搜索落点
一个注目礼正在不远处
我似乎看到一个老人
向我走来。"父亲，是您吗？"
我欲喊，我没出声

只有风声吹过

我听到太阳升起的声音

太阳升起的时候，注定我会在
村东头那棵大槐树下等你
一个童年，在泥土里生长
让一只画眉在山峦的岩石上
唱起了情歌
委婉，细腻，轻轻地
划开了夜的空，看到了你
紧闭的双唇
日子，在岁月的吻痕里
长出一道一道田埂——
"风萧萧，易水寒……"你曾经对我说
太阳流动的声音，与昨天
与今天有区别吗？我也在问自己
"反正我生活得挺自在！"
毕竟生活还年轻，让子弹
飞一会儿
如一片羽毛，轻落不动声色
却让我想起来了，醒来的
爱情
在夜里，抱着剑鞘熟睡
不要让马跑出马厩，在夜下游
放出嘶鸣
"我要走出黑暗！"
仿佛，一堵厚厚的墙倒下了
我听到了
太阳升起的声音

阳光下的爱情

阳光，烤熟了日子
之后
一个女人叩响了一个阴凉处
怀中传出一个婴儿的笑声
清脆

一个男人满意地看着脚下
挥刀割下的一片金黄
一袋旱烟的燃点挂在眉下
惬意。他看了看天上的太阳
又看了看阴凉处的女人
故意把旱烟的燃点加大
这是要与阳光对抗吗

女人说："歇会儿凉吧！"

一棵树上。两只叫不上名的鸟儿
"吱吱吱"地絮絮叨叨地说着
只有男人和女人能听懂的话儿

你是一粒尘埃

尘埃，细如灰土。很轻
一生在风中漂浮，跌跌撞撞。如你

有阳光，你会忘情地
如尘埃，在空中舞蹈
尽管不待人们欢迎。乐此不疲

下雨了，你不甘
被挤压成稀泥
体痛难耐，谁解。你的死因，谁究
只有埋怨，加谴责，是你污渍了人们的艳色

夹杂着，人们对你的不屑
幻想过蜕变
试图在暗夜里偷偷地躲在一个角落里修行
人性的复杂，让你难以忘记来处

归落，何处是家。如一粒种子
何时盼来发芽的春天
红尘中，你在寻找，寻找……

石头

一只鸟飞来，落在了
一块儿石头上
另一只鸟飞来，落在了
另一块儿石头上
两块儿石头对视，终成——两座石雕

据说——
它们当初谁也不认识谁
谁也不知道对方是打哪里来的
几年后，这里陆续飞来各种鸟群
陆续落在这里的许多石头上
这里形成了一道摄影师打卡的风景

一个摄影师说，他看到过两块儿石雕手牵手
他坚定地说，这两块儿石雕已成为朋友

名字

在自己还很年轻时。幻想到了山顶
就能看到海天一色
多年以后，还可以想象
摸着夜色的几分柔软，能触痛那个名字

被岁月抱紧，冬去春来
把尘埃放进水里，清洗
风干后的传说是另一个故事
木脊土墙里
住着的人已分不清哪个是亲人
几声知了，可知

把歌唱进夜色。出发了
回春潮里
他想写一首诗给自己，说：
"亲，你老了！"

坎

过了这个坎，就好了
我可以把所有拿走，包括那微小的一粒尘埃

两个人走路，一前一后
都是自己。翻过雪山就是草地，跨过戈壁会是哪里

大山深处，忠诚的老黄牛告诉我：
离开农具、长鞭就失去了活着的意义
失去了活着的意义，爱情算什么

在灯红酒绿，霓虹灯下的璀璨里
纵使你依旧唱着昨日的情歌
也很难找到曾经那一抹真诚的微笑

伤口愈合，就不要撕裂了
只是天亮了，我却依然在想：今天是否还会遇到你

今夜不设防

推开窗，深吸一口
夜色有一种橄榄油的味道

墙角的紫丁花
悄悄地打开了心扉，试图与蝉对话
一向不会附和人情世故的我，内心的河流
却有了许多激流淌过

听见街道上一辆一辆车轮划过……
娴熟地
染色了我的双颊

星星挂在楼宇的一角
那闪烁着银色的光点，流露着细腻
让我们相互凝望

"呱呱……呱呱……"一处蛙鸣
惊了河坝上的垂柳。今夜不设防的，还有这个春天

玫瑰花的自白

从花开，到花谢
我一直在等

风过，会有雨吗
太阳呢？几多相聚与离愁
藏于枝叶。几多梦，能否拴在白云之上
等到夜黑，难熬。能否随时都可以听见你的声音

一面镜子，你对它笑
还远远不够
难道你如我吗？留白的念想
如我写的情诗，为了给读者留下再度创作的冲动

只是
不知
我是写诗的人，还是读诗的人

伏在地上的无名花

阡陌红尘。伏地固守

不矫揉，不造作
享受着
自己的生活，自己的欢笑

即使遇上爱花惜花之人
也没有谁给自己取个名儿

生命短暂。落个自得其乐

春风，拂过
动了几个心思。谁轻抚，谁怜惜
谁留白，谁是情人

清水，出芙蓉

以后，以后

一朵花，在万花筒里
绽放。亘古，久远……

生命，植根于泥土
潮湿的乡愁
如麦浪一直在链接里凝成绳索
捆绑了一个童年
探入骨骼。熟悉山野和褐色的村庄
像极了沉寂的礁石或者一碗溪水
散落，零零星星。在一纸素笺里难以安放
即使用一个诗人的文字喂养
儿时的伙伴，鬓发的爹娘
一口乡音，在诗歌里拉家常
不停地，说道

没有悬念，在年轮的辙里如何轻放
一杯红酒逃脱不了那些情牵的日子
恰似一曼妙女子，着一袭轻纱……幻象成雾
成云，成水。潜伏，在下一个路口
以至于多年以后
栖息在这条路上的回声
依然清脆，响亮

雪埋

雪，打翻了长时间的静谧
眸里。霓虹的断层下
雪铺天盖地而来，席卷走了你的肉身
还好，骨头始终保持着一个姿势
支撑起头颅

当痛苦来临，思恋
是无法用语言来表达的
欲求解脱。魔力般一味超越思想的想象
让内心无比焦灼与狂热
失望，恐惧。你如苍穹里一块碎片儿
或只是她走时揉碎的那张照片
所留下的点点残余

雪影里。那灰色的云朵还是那样
你躲在楼沿上，看着残月的胸口被风撕开
看着夜慢慢地倒下
看着自己最终被雪掩埋
而你，内心却很平静

夜，就这样出卖了你。你也把夜出卖了

待春

匍匐于地，是对自己的虔诚
山的清瘦与荒寒
让你把半生风尘举过头顶
肚腹，容纳过往云烟里的沧桑之物

剩余的呼吸，和沙粒在光的作用下
沙沙作响

荡气回肠
离殇，生命中的气息
静下来，梳理流光与炽烈的红日
光芒，落入
你不是猎人
你和我一样，也不能只做一个忍者
愤世嫉俗，把自己变成一滴雨吧
无须裂变，将为一朵朵小花
洗净铅华

透明，宁静
可以容下一面陡坡，让爱
在烟火里燃烧
可以，借风干的躯体裹紧
让心顺从一缕山草的意愿，书写
春天里的修辞

我在静听黑夜的声音

闭目，我终于听到了
夜转身的声音。从此不再让我为了你失眠了

我听到了，猫头鹰
与神作了最后告别，把翅膀夹在腋下
视角赐给了所有起早的鸟儿
让它们拥有了第一缕幸福的曙光

我听到了，盘根错节的杂草
在天空和大地之间用血肉之躯，演绎着

胫骨断裂发出低沉的怒吼
因此我断言，只有这种顽强、勇敢、不屈不挠
才能支撑起生命的价值和意义
并守护脚下的每一寸安宁乐土

我听到了，痛苦，煎熬
只有经历过了！才懂得如何享受
每一寸阳光的照耀。还有肉体，精神
只有经过洗礼，才有高山流水
和菩提树下的禅音
美妙，清澈

我听到了，一片云，一缕风
还有长了翅膀的蝴蝶花
正煽动着山川、河流的走向
……

我听到了，我的骨头正在一节一节
拔节的声音

构思一场花开的声音

在潜意识里，我
酝酿了许久。脚下栖息的土地上
该对花期了如指掌了

回忆父亲的过往
播种大地生命里的每一个动词
心中泛起涟漪，跌宕起伏
展开画布，让春风划过指尖
触点——
桀骜不羁的模样，如期

您款款而来

意识流里
在镜子的正面
小草，森林，溪水……一刹那翻开了当年一页一页
磨砺一把心跳，触电了
诗韵的磁场中，我又跟着您
一起穿行在生活里
一起丈量我们坚韧的宽度，和
艰难与折磨所堆积的人生、人性的厚度

心房下
一簇花开的声音，我构思的
这午夜里，这些细碎的呢喃
正要漫过我和您梦的呓语

雨水

沧桑的故事，汇聚
丝丝缕缕。倾泻着生命的禅意

未曾消失的念想，寻求
耳朵里那首还没有唱完的情歌
小巷尽头，隐约
见你美丽而孤独的背影
夜的纵深。孤寂，风啸着
树叶和山草的衣襟上裹满了泪滴
或是血渍

一样的雨，一样的梦
斑驳的古宅深幽，谁在呼唤谁

切口

在冬雪消融之前，递上
一支上上签
让我在春天的物象里
想象，尽情

勾勒的图画，在生命里驻足
鲜灵，水嫩
凝神，专注，一只离开笼子的小鸟
落下，吻我

游弋，痴守
听风闻香！将一朵心花
解剖，成诗

立春

撬开僵硬的壳，把灵魂注入系统
意念的梦想落在枝丫间
新芽儿为你的到来，裸露着微笑

洗尘的圣水，洗净了夜色
别过异乡的街头潜伏的日子
这个细雨纷飞的早晨，心海飘过后
再过几道山梁就能看到故乡

在这个季节里，心已不再徘徊
想你的时候，正好看见邻家喂养的蚕

指尖的风

回眸，春风里
曾把自己迷失在一个路口
直到午夜梦回时
把花色收拢成山势的朝向，坐东偏北

驶入心潮，滑过指尖
折一支柳，把那些年的柔软刻下
在斑驳的纸上，雨落

蝉鸣搅乱了季节
触痛了一池清凉

春，经过一冬的潜伏之后

春
拧动季节的丝扣，终于完成了
一冬的潜伏
把
压抑了一个冬天的放肆，决定
来一场无限制的挥霍
让
一个动词举过头顶，一声呐喊
拱出一片片生机

森林
开始捕捉动物们的私密
和植物们的花语，还有风的梦想
渴望

开启新一轮芝麻之门

湖泊
撒下一张大网，扣紧鱼蛟虾蟹
还有阳光和雨露
让秋的一盏渔火收获幸福的
笑声

城市
乡村
绿意下的春光，已洒满
七彩霓虹

一杯红酒交给你

夜
卧山峦，把一杯红酒
交给春天
风景
挂在杯沿，让一枚花洒
享受春风拂来一抹羞红
在夜色里
许下心上几许柔软

枝丫
吐露几笔彩墨，渲染
发亮的几缕萤光
在山水间匍匐
让
一抹月色在时光的倒影里
映衬着春的
娇容

在
二月的门槛上，审读
一个崭新的
处女场

春的一抹绿

春姑娘
推开窗棂
以爱的名义，流泻满园春色

岁岁的乡情
演绎着，一个季节
让北到北方以北
让南到南方之南
一抹绿，染就山川与沙漠
不再荒芜
还有染就了
留在那长城峰峦上的脚印里
美得无与伦比的草尖上
那挂满太阳的露珠
报春鸟，钻出森林深处高声吟诵
华夏儿女的侠骨柔情

一抹绿啊
在这春天里的一抹绿，在这
我心中的一抹绿
鲜活，无私

春之恋

冬眠后
肉体开始醒来，掀开了
河床干枯的帘
不经意间，让我似乎又看到了
母亲在田野上的精耕细作

河的流向
逃不过自然的法则
翅膀长起来，思念成了
母亲铭刻在我灵魂深处的胎记
春光里
折射水晶般的心灵
日子，在将那烙痕
抚慰

春之恋，是母亲提着菜篮子
向我走来

叩响春天

失眠的夜里，一缕风
轻叩门扉
褪去冬衣后，草丛里的动词
开始涌动着急切

与身体内，与身体外
那些曾经的疼痛与暗疾对白后
父亲坟头的嫩芽摇曳着风筝线

启动了孙女脸上的笑意

告诉父亲
春来了！一切美好的向往与事物
将被我们据为己有

沐浴

海天处，远方的女儿
让我把几多相思
拨响爱的琴弦，沐浴
春色的柔情

一览光景
把绿的清浪与花的艳丽
幻化成云雀，如你
展翅中，翱翔于辽阔的天际
尽情徜徉在绽放青春的领地

雨水里，浇灌着，将渐渐成为
参天大树

风铃

搁浅了的思绪
裸露了。没有告诉我什么缘由

徘徊在渡口
听风铃摇曳着青春的轨迹
灵魂，坦露；禅意，疯长
我终于对你有了悟性

人性的虚伪
想把我带到另一个世界
让我准备好的台词，写好的诗
坠入尘埃。直到风起，我才俯下身子
让生命在春天发芽

风过，树未动
行人匆匆。过客，过往……
在我嘴角上弯处，画了一道风景
和你爱的眸子

夜色，被揉碎时

一起一伏的风景
透过白色的窗
让心事揉碎，过滤

几滴晶莹的浅露
湿了星光
机械性的竹杖，敲打着节奏
即将熄灭的灯火中
片片落叶托起长长的影子
向着近前走来

数十年的幻影
重叠，交错。窗前的风铃
划过指尖的一刹那惊着了
青春撩起的心跳

回首，淡化了的相思
种了一个
无言的凝眸

放纸飞机的男人

把一个梦，交给风
与女人不一样，男人的梦很沉

放飞——
给你！梦里痴迷
满天星光，系上男人不安分的心跳

给你——
纸飞机！虽然已不再有当年
雄鹰飞越山川那样的矫健身姿
在天空打着转儿，它是在搜索、调频爱的波段

飞行——
很沉着！没有花式表演
因为，男人已不再是当年那个莽撞少年

牧风的人用眸光散养

山涧，河川
丘峦，原野
一响鞭，驾驭着眸光里的风景
鸟鸣叫，兽咆哮，浪怒吼……放养情绪
像秋日熟透了的红辣椒，吟唱着火红的日子

感谢上苍，把爱情当礼物给我
卷着黄土，旋转
预示着风雨来袭之后，我们会更加圣洁
承载于天地，牵手了

种下三千年的思念，三千年之后还将继续今日的诗题

痴情的等候，如何看淡人世浮华
一串串城市霓虹，交错
难免会有不安的躁动
熟悉的身影，离开了。会留下忘不掉的笑容
品着已凉了的咖啡，欣赏着北方的落雪，美

流年中，不停的人群喧闹着
仰望蓝天，在散养的眸光里
把自己放牧，就这样的，挺好

沐浴在冬的夜色里

冷色调的风景里
我还是想用眼睛去读懂它

一抹孤独的风，瑟瑟的风
旋律，还抖动着哀鸣吗
情诗里的秘密呢？仿佛我还要留在梦里

环水桥下
曾经可以御寒的几块石板
早已破碎，瓦砾散落在荒草之间
当年诀别的记忆
已走过春夏，已越过秋冬

星光挂在山峦
仰望着，我找到了承载着爱的方向
我决定了，在我紧锁的心口开一个小窗
将让你沿着熟悉的小路走进我的心房

我想，像我小时候一样
我要紧紧依偎在你的身旁

水的流向

蜿蜒的河水，流向何方
是你说的远方吗？远方有多远啊

越过山丘，拂过平原
说着光阴里的故事：那芦苇疯长，拔节的速度
是否如你一样
只顾一个劲儿把青春彰显

春夏秋冬，河夫在渡口
张望！等谁？红尘来去
如何寻找前世今生的缘？还有梦的归处

流浪者，每天都放空自己的思绪
有时还学着诗人的样子
用笔尖拨动心里最敏感的心弦
让梦复活！不问飞花，让斑驳的日子
在夜光中把自己的血液点燃
让流水的涛声淹没心中的呐喊
手，紧扣着通往爱的光明

沿着水的流向，我在寻找人世之旅

一座碑石的坚守

苍山中
几度流浪。你终于居有定所

我俯下身子
崇拜，虔诚。却让我无法去探究
去触动你那深埋久远故事里的灵魂

碑文，已模糊
却，苍劲有力，书写着永恒
万花筒里灯关了
还，有一轮明月
这，经历风雨叠加的龟裂构思了
不仅是一个远古的丰碑
山峦中，时空里穿梭着
颤动在风雨和阳光里。我的眼眸
仿佛看到了山河日月，流沙无边
仿佛看到了花草与鸟儿，在山涧嬉戏

功德。不是用银两
买下一个碑上篆刻的名字
也不是静卧菩萨边，沐浴太阳和月亮的光芒
一首歌，一首诗
在炊烟里舞动长袖
散发幽香，和着韵律高亢而歌
且悠长。它让奔腾的江河
静心倾听
亘古亘今

一颗石头的相思

一觉醒来，心思
随雨。握着身旁花草曾经的芬芳
遥想青春的骚动
以及那吻唇下隐约可见的
一闪而过的擦肩

搁浅了。动容的雨季
丝丝闲落的柔软已不在秋风里
透过夜色的眼眸
看见了星月的冰冷，与苍凉
哀伤、思忆、熟视无睹，耸立在孤独的
倒影里

洗劫
擦拭着秋落的伤口
哭着，呐喊——
指尖上的那一缕恋，是否
还会长出花朵

石头

一个不小心
我入了你的梦
沐浴着你的坚韧。我感到了
太阳在微笑

熟悉的香软
不是燕呢喃的缠绵
点燃我灼热的胸口。让我拥有了
花朵的内容

山涧河头潜伏
或是悬崖峭壁耸立。笑看风云
不记沧桑往事
让灵魂
醉入苍穹

入诗，入画
你上演的真理
是一首歌。相比之下
人性的脆弱。对待雨雪风霜
没有了你的自信傲气
以及伟岸阳刚
处事泰然
棱角分明

我坐岭头看日月

风景流动着山川的情思
醉呓夕阳一抹
余晖包裹色泽，终于见到了熟透的爱情

容我写一首情诗
趁着山野的风正想着心事，树荫尽头暗藏温柔
这羞涩的文字
瞬间活跃
给霞飞的奢侈里
弹奏一曲天籁
惊世骇俗

寻觅
枝丫处的飘逸，和纠缠不清的原版图片
恋恋不舍地降下峰头
依偎
一幅水墨丹青里，谁与
我
共

一个邂逅

盛开一朵花，耕织芳香
四溢
你的温柔入了我归巢的思想
允许夕阳落在唇际
耳边，只闻夜色
呢喃

闭目
神思
此时，我多么盼望月亮升起来
好
与你享受月光下的
爱
情

一棵已没了树杈的树

村口，一棵树
已没了树杈。如邻院张大妈三十五岁
就没了儿子

童年，我和二小
喜好爬到树上掏鸟蛋
我们还残忍地
在树下一边煮鸟蛋吃，一边聆听
鸟妈妈在不远处另一棵树上哭泣
二小说它是在唱《哭嫁女》

掏鸟蛋也有技巧
一般鸟妈妈刚飞走就上树去掏
不然会遇到同样来偷鸟蛋的其他动物
如黄鼠狼、蛇等

一次二小违背了这条，路过村口
看见树上一硕大鸟窝，不管三七二十一就上树了
结果被蛇咬了

一条手臂粗的毒蛇。二小临死前
成了蛇状

二小是张大妈的儿子

守夜

星星慢下来
给三娃一口水喝，心
扎进黑夜的深邃里

已熟睡的女人
再也不会絮叨了！哪怕
他在麻将桌上过夜

院角，一只猫没有了昔日的睿智

此时，三娃
眼里失去了光芒
他吧嗒着已熄了火的旱烟，与
烟灰儿聊天

山坳处，那
常起夜的田鸡，也不再呼应

咫尺天涯不说话

想起的时候，起风了
竹林下那两行脚印，早已
丢了视线

告别日子的流失
几枚落下的竹叶，味道
依旧
笑声，银铃般
回荡在夜的深处——山野尽头
潮湿了笔尖

画眉鸟，还站在那竹枝杈
可能是谁打搅了它，还是已忘记了词和曲儿
停止了，歌唱

山头上，我和你
不说话

一条干枯的河流

伤疤，深深的
淤泥中的故事，是你和我
开裂着的痛

爱，已不在
溪水中的嬉戏
如失去自由的鱼，在芦苇丛中
深埋

藏在心里的话已发霉了
如何
再向你诉说

散落的砾石，跪拜
河床是
虔诚的祭台

有多少爱就有多少歌

一曲经典，吟唱爱的
万般柔情。浪漫的诗人糅和日月
聆听汩汩流溪的浅语。醉倒在
有你的日子

心扉上，早已烙下你的吻痕
小巷，廊桥，亭阁，花涧，让淌过季节的流向
体温上扬
拔节的竹笋，在我的身体里生长出
躁动的诗行

常常地想，某个日子你会携一朵白云
而来。我吮吸着爱的浸润
让每一个细胞在灵魂深处情不自禁！而且
不是在梦里

在这个有你的王国里
我已不再是一只沉睡的蝉，活着就要
一直为你鸣唱

一滴血的燃烧

漠视
川流不息的车辆划过眼眉
站在街口眺望深邃的天空，茫然
风刮开云层的尖叫，刺痛了
母亲贫瘠的土壤，一滴血开始
燃
烧

秋水中的倒影

倒影中
静态的我两眼呆滞
如
一片浸泡过的落叶
头
扎入水的深层
陷入
秋之幽深

执念

把执念
镶嵌进秋色中，却已找不到了
你
曾经的柔情
忘记了
花朵盛开的模样
袅袅炊烟

消失在层叠的风景里

问我

十月的秋
听见
秋蝉的来电。蓦然回首
却只看见你模糊的背影
拽下窗帘
轻轻咀嚼你写的诗笺
却
又听见你在问我
秋天之后，冬天以后
春天，我们的春天还有多远？

独白

站在窗前
我已不再写诗了
下了一夜的雨天亮了还没停
虽然，我还在呼吸
呼吸很均匀
我也听到了大地的呼吸
大地的呼吸也很均匀
但是，我想化作一缕风
一缕春风
掀开你的窗帘，和
你包裹严实的
头巾

旁观者

每一个秋色
都吟诵着一缕惆怅
而背影
却丢失在冷漠的色诱里

雨落
染了心绪的痴i意
缠绕着
曾经一段旧闻，拴在胸口
与那出山口的老槐树上挂着的故事
是一样而已

楼台上
烟雨蒙蒙的炊烟里
乐乐，但是却没有人愿意陪着
在梦里
晚归的邻家女人与邻家男人
喋喋不休絮叨着自个儿的故事

你却成了一个旁观者

这里面已经进化

论史
一滴眼泪里写着故事的荒芜与野蛮
一泥沙，一瓦砾
隐藏着千古情话，与生命的价值

老了的禁锢
锁在缥缈中，那些数不清的
落叶堆积的夹层里
相约的季节
在城市的霓虹里诉说惆怅

天开始冷了
路，却越来越长
伤口愈愈合合着，来来回回
路面，雨的落色里竟夹杂着白色的雪花
雪花，既洁白又深情
视感，随着清凉凉的夜开始
进化

也许

风声，我看到了
雨声，我读懂了
在秋色里，指尖轻弹
夜，撩人心弦
照片，动人心魄
迎面，走来几滴鲜活的精血

静静的湖水，倒影中
有了，几分扮酷
炫斗里，鱼缸里的鱼儿
自言自语

也许，我读懂了雨的落色

一尾芦花

多年的摇摆，终于静了下来
如邻家的小妹
懂得了含羞，和揉捏心事

有了性感，有了成熟
夜半喜欢探出头来
侧听那道红墙宅院二公子回家的开门声
那急步与重重的捶门声
似乎让心跳加剧了
以至于一缕风捣乱了发髻，和
柔软的秋凉

是出身，和命运
让一生的坚守开始凋零。于是，只能用眼睛
悄悄地对我诉说心事

诉求

秋蝉，振动着翅膀
山谷回荡着
与花朵告别的声音

走向成熟
麦子和稻谷，把沉甸甸的相思
装进游子包裹的行囊
隐性的，裸露的，来自少妇的湿气
浸润了青春的浮躁

每一个季节，都有不同的花开

读懂了
风雨，晴日；白天，黑夜
是否还有凝眸祈盼
风中的乱发是今夜的诉求

离开了那个熟悉的村落
无法回头的
是母亲的微笑

消瘦

一把油菜花，在消瘦的风里
瘦了
没有细节
只记得是东西两院的男人女人一个一个走了之后
微信的太阳
就再没有在村子里出现过

后来，听说在村口
一个外乡人捡到了两片油菜叶子夹着两只蝴蝶的
标本

走不出笼子的自言自语

窗外，夜色撩人
透过锈点，注视远方那熟悉的灯影
我想知道那谁是谁，黑夜为何把认知的事物
习惯了掩饰

在笼子里待久了
笼子是整个世界。渐渐地，把自己变成了一尊雕像
手指和眼睛的形状，在嘴巴的一张一合中
掩饰着陌生和不确定

一些爱的微笑和回眸，仿佛
已经失去了构思
落尽芳华，蝴蝶飞到了别处
只留下你在我编织的笼子里
自言自语

追逐梦的相思

风过，我站在墙外
已静止的风景线。追逐一枚花草的种子

谁和谁相约
相约谁和谁。拈一缕霜落为信物
勾勒出季节的约定
看蜜蜂起舞
花雨流泻时光的霓虹

埋在身体里的爱情
在某年某月春雨里发芽。我在你的诗里
读懂了渐渐熟了的一个名词
似乎一下子空气里散发出太阳花香的气息

山色里的花香

诗人
不能轻易放过，山涧的春色

那一枚花草的种子
如何变成如今的一片花海
沉寂其中，可能是代表你的某一种颜色
还有的就是曾经你住在了我的身体里

跟随蜜蜂，痴醉
而后是仔细观察蜜蜂如何采集花粉
花朵中打坐，不是学佛
而是正在构思一首写给你的情诗

定格，男人的情种
待一幅长卷付梓时，一轮柔软的光
会给爱情下一个定义

种在风里的本身

飘落的树叶
摇动着婀娜的身姿，翅膀是透明的
从多个角度抚慰着秋色的惆怅

默默地，打开
身子里舍弃的细节，想把一枚落红交给
曾经熟悉的邮差
在延伸的田野收藏一个月色的惊喜

这时，我看见对面屋顶烟囱上
一只未见过的鸟晃动的风影，舞动着夜色的黑
和女性的气息

仿佛我，瑟瑟的本身

陌生的检票口

一座山峦，顶峰上
风，是有颜色的。山的脊上
若隐若现。轻的蓝，重的紫，风势弯处
闪现无数光芒

一个活生生的人
走进山里可能会被这无边的风吞没
抚摸，撕咬，拽我的后腿
让我在自由的岁月里无法爬行

因为，你不想让我逗留在
这个陌生的检票口

幻想一些星辰

渴望寂静的夜，那是在一场
风雪袭击过草场之后
失去自由生长的娇嫩，开始接受试探
人性的狰狞

我在想大雪里是否被风咬痛，哭吗
时光在我夜的黑里，蒙上了尘埃
是因为你告诉了我，在夜的黑里
可以幻想一些星辰

黎明

往事不再
是因为我醒得太早。浮云来不及散去

是激情后的理性
还是理性后的激情
不——
是地平线的一声呐喊
让我睁开眼睛

跳吧，唱吧。唱吧，跳吧
四季更替的，开启了一页
崭新的憧憬

听，你在这
远方，轻声地叮咛